Jean Cocteau

WERKAUSGABE IN ZWÖLF BÄNDEN

Herausgegeben von Reinhard Schmidt

Band 3

ERZÄHLENDE PROSA III

FISCHER TASCHENBUCH VERLAG

Jean Cocteau

KINDER DER NACHT

ROMAN

Aus dem Französischen übersetzt
von Friedhelm Kemp

FISCHER TASCHENBUCH VERLAG

20.–21. Tausend: November 1993

Ungekürzte Ausgabe
Veröffentlicht im Fischer Taschenbuch Verlag GmbH,
Frankfurt am Main, April 1988

© *Les Enfants terribles*, Grasset, Paris 1929
© Deutsche Übersetzung: Desch, München/Wien/Basel 1953

Für diese Ausgabe
© 1988 S. Fischer Verlag GmbH, Frankfurt am Main
Umschlaggestaltung: Manfred Walch
Herstellung: Alexander Gutfreund
Satz: Fotosatz Otto Gutfreund, Darmstadt
Druck und Bindung: Clausen & Bosse, Leck
ISBN 3-596-29203-4

Gedruckt auf chlor- und säurefreiem Papier

Über dieses Buch Wie der fallende Schnee die Häuser, die städtischen Innenhöfe ein wenig ihrem gewohnten Dasein entrückt, so hüllt die Kindheit die Welt in ein Netz von Erfindungen und geheimnisvollen Beziehungen.
Mit einer folgenreichen Schneeballschlacht nimmt die Geschichte ihren Anfang. Mehr und mehr schottet sich dann das Geschwisterpaar, das im Mittelpunkt der *Kinder der Nacht (Les Enfants terribles)* steht, gegen die Wirklichkeit ab. Die Riten dieser Kinder beschreiben einen magischen Zirkel; was in ihn eintritt, wird im Strudel seines Sogs mit fortgerissen.
Seinen mit Recht berühmtesten Roman hat Jean Cocteau 1929 während einer Entziehungskur geschrieben, der er sich wegen seiner Opiumsucht unterzog. Das Buch wurde ein ungeheurer Erfolg: Zahlreiche junge Leute schienen sich in ihm wiederzuerkennen. Wer sich von seinem raschen Rhythmus erfassen läßt, wird spüren, daß die *Kinder der Nacht* nichts von ihrer Faszinationskraft verloren haben.

JEAN COCTEAU
WERKAUSGABE IN ZWÖLF BÄNDEN

☆

DIE GROSSE KLUFT · DAS WEISSBUCH
Erzählende Prosa I

**THOMAS DER SCHWINDLER
DAS PHANTOM VON MARSEILLE**
Erzählende Prosa II

KINDER DER NACHT
Erzählende Prosa III

**DIE HOCHZEIT AUF DEM EIFFELTURM
ORPHEUS · DIE HÖLLENMASCHINE**
Theater I

DIE GELIEBTE STIMME · DER DOPPELADLER
Theater II

OPERA · CHORAL
Gedichte I

SPIEGELSCHRIFTEN
Gedichte II

**DAS BLUT EINES DICHTERS
DIE SCHÖNE UND DAS TIER · ORPHEE**
Filme

DAS BERUFSGEHEIMNIS
Kritische Poesie I

OPIUM
Kritische Poesie II

DIE SCHWIERIGKEIT, ZU SEIN
Kritische Poesie III

**DIE FARBEN DER ERINNERUNG
DER LEBENSWEG EINES DICHTERS**
Kritische Poesie IV

INHALT

Kinder der Nacht 9

Nachwort 163
Bibliographische Hinweise 166
Verzeichnis der Abbildungen 168
Eine Übersicht über Leben und Werk 171

ERSTER TEIL

Die Cité Monthiers befindet sich zwischen der Rue d'Amsterdam und der Rue de Clichy. Man betritt sie von der Rue de Clichy her durch ein Gitter und von der Rue d'Amsterdam her durch eine stets offenstehende Toreinfahrt und den Gewölbegang eines Häuserblocks, als dessen Hof eben diese Cité sich darstellt: ein richtiger länglicher Hof, umgeben von kleinen, älteren Privathäusern, die am Fuß der hohen, glatten Mauern des Wohnblocks fast verschwinden. Diese kleinen Häuser, überragt von Atelierfenstern mit langen Vorhängen, müssen irgendwelchen Malern gehören. Ihre Räume sind gewiß voller Waffen, voller Brokate und Gemälde, auf denen Katzen in ihrem Körbchen zu sehen sind oder die Familien bolivianischer Botschafter, und der Meister haust dort, unbekannt, berühmt, überhäuft mit Aufträgen, öffentlichen Auszeichnungen, geschützt vor der Unruhe durch die Stille dieses Provinzplatzes.

Zweimal täglich jedoch, um halbelf Uhr morgens und um vier Uhr nachmittags, wird diese Stille von einem Aufruhr gestört. Denn die Pforten des kleinen Lycée Condorcet öffnen sich gegenüber dem Haus 72bis der Rue d'Amsterdam, und die Schüler haben diesen Hof zu ihrem Hauptquartier erwählt. Er ist ihr Spiel- und Richtplatz. Eine Art mittelalterlicher Platz, ein Liebeshof, ein Bettelmarkt, eine Briefmarken- und Schusserbörse, ein Femegericht, wo man die Schuldigen verurteilt und das Urteil an ihnen vollstreckt, wo von langer Hand jene Streiche vorbereitet werden, die während des Unterrichts ausbrechen und deren Zurüstungen die Verwunderung der Lehrer erregen. Denn die Jugend der fünften Klasse ist schrecklich. Nächstes Jahr kommen sie in die vierte Klasse, auf dem großen Lycée der Rue Caumartin; dort wird man auf die Rue d'Amsterdam verächtlich herabsehen, sich sehr wichtig vorkommen und den Ranzen oder die Schultasche gegen den kleinen Packen von vier Büchern vertauschen, der durch einen Riemen und ein Stück Teppich zusammengehalten wird. In der fünften Klasse aber sind die erwachenden Kräfte noch den dunklen Instinkten der Kindheit unterworfen: tierhaften, pflanzenhaften Instinkten, deren Regungen sich der Beobachtung entziehen, weil das Gedächtnis sie ebensowenig bewahrt wie die Erinnerung an gewisse Schmerzen und weil die Kinder verstummen, sobald ein Erwachsener sich nähert. Sie verstummen, ihr Betragen paßt sich einer veränderten Umwelt an. Diese großen Komödianten verstehen es, mit einem Schlage lauter Stacheln aufzusträuben wie ein Tier oder sich mit unscheinbarer Sanftheit zu wappnen wie eine Pflanze, und niemals verraten sie etwas von den dunklen Bräuchen ihrer Religion. Kaum daß wir ahnen, was sie von ihren Anhängern fordert: welche Listen, welche summarischen Urteile, welche Schrecknisse, welche Martern, welche Menschenopfer. Die Einzelheiten bleiben im dunkeln, und die Gläubigen besitzen ihre Geheimsprache, die jedes Verständnis vereiteln würde, wenn man ihnen zufällig einmal zuhörte, ohne selber gesehen zu werden. Jeder Handel wird dort mit Achatmurmeln, mit Briefmarken abgegolten. Die Opfergaben wandern in die prallen Taschen der Heerführer und Halbgötter, das Geschrei übertönt ihre geheimen Beratungen, und ich vermute, wenn einer der Maler in seinem warmen und weichen Luxus die Schnur zöge, die seine großen Vorhänge in Bewegung setzt, so würde diese Jugend ihm keines jener Motive bieten, die er bevorzugt und die sich betiteln: »Schornsteinfeger bei einer Schneeballschlacht«, »Die glühende Hand« oder »Kleine Schlingel«.

An diesem Nachmittag schneite es. Der Schnee fiel schon seit dem Vortag und veränderte natürlich den Schauplatz. Der Hof glitt um Jahrhunderte zurück; es war, als hätte die wohnlichere Erde allen Winter verbannt, und hier allein fiele noch der Schnee, dessen Decke beständig wuchs.

Die Schüler, die zum Unterricht gingen, hatten den harten, schmutzigen Grund bereits durchpflügt, zertrampelt und wieder festgetreten oder durch Schlitterbahnen aufgerissen. Der mißfarbene Schnee bildete einen Saum längs der Gosse. Dann ging er endlich über in den Schnee auf den Stufen, den Vordächern und Fassaden der kleinen Häuser. Wulstige Hauben, überhängende Gesimse, all die schweren Massen des leichtesten Stoffes umgaben die Umrisse, statt sie zu vergröbern, wie mit einer schwebenden Empfindung, einem Schauer der Ahnung, und dank dieses Schnees, der eine sanfte Helligkeit ausstrahlte wie die Leuchtziffern einer Uhr, trat die Seele des Luxus durch die Mauersteine, nahm sichtbare Gestalt an, wurde zu diesem Samt, der den Hof verkleinerte, ihn rings überzog, ihn verzauberte und in einen geisterhaften Salon verwandelte.

Unterwärts war der Anblick weniger freundlich. Die Gaslaternen warfen ihr undeutliches Licht auf ein leeres Schlachtfeld. Der geschundene Boden zeigte sein ungleiches Pflaster unter den Schrammen des Glatteises; vor den Gittern des Rinnsteins häuften sich Hügel schmutzigen Schnees, wie geschaffen für einen Hinterhalt; ein tückischer Nordwind ließ bisweilen das Gaslicht schwächer werden, und die düsteren Winkel hüteten schon ihre Toten.

Von hier aus gewann alles ein anderes Aussehen. Die kleinen Häuser glichen nicht mehr den Logen eines seltsamen Theaters und wurden nun wahrhaftig zu Behausungen, darin man mit Vorsatz alle Lichter gelöscht und sich gegen einen vordringenden Feind verbarrikadiert hatte.

Der Schnee nämlich beraubte den Hof seines gewohnten Charakters als eines freien Platzes, der den Gauklern und Spaßmachern, den Henkern und Händlern offenstand. Er verlieh ihm eine besondere Bedeutung, bestimmte ihn ausdrücklich zum Schlachtfeld.

Seit zehn Minuten nach vier war der Kampf in vollem Gange, so daß es gefährlich wurde, sich aus der Toreinfahrt hinauszuwagen. Unter dieser Einfahrt formierten sich die Reserven, zu deren Verstärkung die neuen Kämpfer einzeln oder paarweise eintrafen.

»Gérard! Hast du Dargelos gesehen?«

»Ja... nein, ich weiß nicht.«

Der Bescheid kam von einem Schüler, der mit Hilfe eines anderen einen der ersten Verwundeten stützte und ihn vom Hof unter die Toreinfahrt zurückführte. Der Verwundete, ein Taschentuch ums Knie gebunden, hüpfte auf einem Bein und hielt sich an ihre Schultern festgeklammert.

Der Fragesteller hatte ein blasses Gesicht mit traurigen Augen. Es mußten wohl die Augen eines Krüppels sein; er humpelte auch, und die Pelerine, die ihm bis zu den Waden hinabreichte, schien einen Buckel zu verbergen, einen Auswuchs, irgendeine ungewöhnliche Mißbildung. Plötzlich warf er die Zipfel dieses Umhangs über die Schultern zurück, näherte sich dem Winkel, wo die Schulranzen auf

einem Haufen lagen, und nun sah man, daß sein Gang, diese lahme Hüfte, nur durch die Art, wie er seine schwere Ledermappe trug, hervorgerufen wurde. Er ließ die Mappe fallen und hörte auf, ein Krüppel zu sein, aber seine Augen behielten den gleichen Ausdruck.

Dann wandte er sich der Schlacht zu.

Rechts, auf dem Gehsteig, der auf das Gewölbe zuführte, wurde ein Gefangener verhört. Die Gaslaterne warf ein zuckendes Licht über die Szene. Der Gefangene (ein Kleiner) wurde von vier Schülern mit dem Oberkörper gegen die Mauer gehalten. Ein Großer, der zwischen seinen Beinen hockte, zog ihn an den Ohren und zwang ihn, den Anblick der abscheulichsten Grimassen auszuhalten. Die Stummheit dieses gräßlichen Gesichtes, das sich fortwährend veränderte, schüchterte das Opfer ein. Es weinte und versuchte, die Augen zu schließen, den Kopf zu senken. Bei jedem dieser Versuche griff der Grimassenschneider in den grauen Schnee und rieb ihm die Ohren damit.

Der blasse Schüler schlug einen Bogen um die Gruppe und bahnte sich einen Weg durch die Wurfgeschosse.

Er suchte Dargelos. Er liebte ihn.

Diese Liebe wütete um so heftiger in ihm, als sie der Kenntnis der Liebe vorausging. Es war ein unbestimmbares Leiden, eine heftige Qual, gegen die es kein Heilmittel gibt, eine keusche Begierde, geschlechtslos, absichtslos.

Dargelos war der Hahn der Schule. Er schätzte die, welche ihm trotzten oder ihm Beistand leisteten. Aber sobald der blasse Schüler sich diesen wirren Locken, diesen zerschrammten Knien, der Jacke mit den geheimnisvollen Taschen gegenübersah, verlor er jedesmal den Kopf.

Die Schlacht machte ihn mutig. Er setzte sich in Lauf, er

würde zu Dargelos stoßen, würde sich schlagen, ihn verteidigen, ihm beweisen, wessen er fähig war.

Die Schneebälle flogen, zerbarsten auf den Pelerinen, besternten die Mauern. Hie und da, zwischen zwei Finsternissen, sah man das Fragment eines roten Gesichtes mit aufgerissenem Mund, eine Hand, die auf ein Ziel weist.

Eine Hand zeigt auf den blassen Schüler, der ins Schwanken gerät und noch den Mund zu einem Ruf öffnet. Soeben hat er, aufrecht über einer Freitreppe, einen Gehilfen seines Idols erkannt. Dieser ist es, der ihn verurteilt. Er öffnet den Mund: »Darg...«; alsbald trifft der Schneeball seinen Mund, dringt in ihn ein, lähmt die Kiefer. Er hat eben noch Zeit, ein Lachen zu hören und zu sehen, wie neben diesem Lachen, inmitten seines Generalstabs, Dargelos sich hoch aufreckt, mit feurigen Wangen, wirrem Haar, und zu einer ungeheuren Bewegung ausholt.

Ein Schlag trifft ihn mitten auf die Brust. Ein dumpfer Schlag. Ein Schlag von einer Marmorfaust. Ein Schlag von der Faust einer Statue. Sein Kopf wird leer. Vor seinem schwindenden Blick ragt Dargelos, mit schlaff hängendem Arm, starr vor Bestürzung, auf einer Art Estrade in einem übernatürlichen Licht.

Er lag auf der Erde. Ein Blutstrom, der ihm aus dem Munde quoll, verschmierte Kinn und Hals, durchtränkte den Schnee. Pfiffe gellten. Im Nu war der Hof leer. Nur ein paar Neugierige drängten sich um den Liegenden und betrachteten, ohne ihm Hilfe zu leisten, lüstern den rötlichen Schmutz. Einige entfernten sich, ängstlich, und schnalzten mit den Fingern; sie schoben die Unterlippe vor, rümpften die Brauen und schüttelten den Kopf; andere schlitterten zu ihren Schulranzen hinüber. Die Gruppe um Dargelos blieb auf den Stufen der Freitreppe und rührte sich nicht. Endlich erschienen der Inspektor und der Pedell der Schule. Der Schüler, den das Opfer Gérard genannt hatte, ehe es sich in das Gewühl stürzte, hatte sie benachrichtigt. Er ging vor ihnen her. Die beiden Männer hoben den Verletzten auf; der Inspektor fragte in das Dunkel hinüber:

»Sind Sie das, Dargelos?«
»Ja, Herr Inspektor.«
»Folgen Sie mir!«
Und der Trupp setzte sich in Bewegung.

Die Vorrechte der Schönheit sind unermeßlich. Sie wirkt selbst auf die, welche sie nicht gewahren.

Die Lehrer liebten Dargelos. Der Inspektor war äußerst verdrießlich über diese unbegreifliche Geschichte.

Man brachte den Schüler in die kleine Loge des Pedells, wo dessen Frau, die eine gute Seele war, ihn wusch und ihn aus seiner Ohnmacht aufzuwecken versuchte.

Dargelos stand aufrecht in der Tür. Hinter der Tür drängten sich die Köpfe der Neugierigen. Gérard weinte und hielt die Hand seines Freundes.

»Erzählen Sie, Dargelos«, sagte der Inspektor.

»Da ist nichts zu erzählen, Herr Inspektor. Wir warfen uns mit Schneebällen. Ich warf einen auf ihn. Er muß sehr hart gewesen sein. Der Ball traf ihn mitten auf die Brust, er machte ›Ho!‹ und dann fiel er gleich um. Zuerst dachte ich, es sei nur Nasenbluten, von einem anderen Schneeball.«

»Ein Schneeball schlägt einem doch nicht die Brust ein.«

»Herr Inspektor, Herr Inspektor«, sagte hierauf der

Schüler, der Gérard gerufen wurde, »er hatte einen Stein in Schnee eingepackt.«

»Stimmt das?« fragte der Inspektor.

Dargelos zuckte die Achseln.

»Sie wollen keine Antwort geben?«

»Das ist zwecklos. Schauen Sie, er schlägt die Augen auf, fragen Sie ihn selbst...«

Der Verletzte kam wieder zu sich. Er lehnte den Kopf gegen den Arm seines Freundes.

»Wie fühlen Sie sich?«

»Verzeihen Sie mir...«

»Sie brauchen sich nicht zu entschuldigen, Sie sind krank, Sie sind ohnmächtig geworden.«

»Ich erinnere mich.«

»Können Sie mir sagen, wovon Sie ohnmächtig wurden?«

»Ein Schneeball hat mich auf die Brust getroffen.«

»Aber man fällt doch nicht in Ohnmacht, wenn einen ein Schneeball trifft!«

»Es war aber nichts anderes.«

»Ihr Kamerad hier behauptet, in diesem Schneeball sei ein Stein versteckt gewesen.«

Der Kranke sah, wie Dargelos die Achseln zuckte.

»Gérard ist verrückt«, sagte er. »Du bist verrückt. Dieser Schneeball war ein Schneeball. Ich lief, das Blut muß mir in den Kopf gestiegen sein.«

Der Inspektor atmete auf.

Dargelos schickte sich an, den Raum zu verlassen. Er besann sich eines anderen, und es schien, als wolle er auf den Kranken zugehen. Vor dem Tisch angekommen, auf dem der Pedell Federhalter, Tinte, Zuckerwaren zum Verkauf ausliegen hatte, blieb er stehen, zog ein paar Fünfer aus der Tasche, legte sie auf den Rand und nahm sich dafür

eine jener Lakritzrollen, die wie Schuhriemen aussehen und an denen die Schüler gerne lutschen. Hierauf durchquerte er die Loge, hob wie zu einer Art militärischem Gruß die Hand an die Schläfe und verschwand.

Der Inspektor wollte den Kranken begleiten. Er hatte schon einen Wagen holen lassen, der draußen wartete, als Gérard behauptete, das sei nicht nötig, die Anwesenheit des Inspektors würde die Familie nur unnötig beunruhigen, und er nehme es auf sich, den Kranken nach Hause zu bringen.

»Sehen Sie doch«, fügte er hinzu, »Paul ist ja schon wieder bei Kräften.«

Dem Inspektor war nicht gerade übermäßig viel an dieser Spazierfahrt gelegen. Es schneite. Der Schüler wohnte in der Rue Montmartre.

Er überwachte die Unterbringung im Wagen, und als er sah, wie der junge Gérard seinen Mitschüler in seinen eigenen Wollschal und seine Pelerine wickelte, war er der Ansicht, seine Verantwortlichkeit sei gedeckt.

Der Wagen rollte langsam über den gefrorenen Boden. Gérard betrachtete den armen Kopf, der in der Ecke des Gefährts von links nach rechts geschüttelt wurde. Er sah ihn von unten, wie sein bleicher Schein den Winkel erhellte. Die geschlossenen Augen waren kaum zu erkennen, und man sah nur die dunkleren Schatten der Nasenflügel und der Lippen, an denen noch einige kleine Blutkrusten hängen geblieben waren. Er flüsterte: »Paul...« Paul hörte ihn wohl, aber eine unbeschreibliche Mattigkeit hinderte ihn, zu antworten. Er schob die Hand aus den über ihn gehäuften Pelerinen und legte sie auf Gérards Hand.

Angesichts einer Gefahr dieser Art schwankt die Kindheit zwischen zwei äußersten Möglichkeiten. Da sie nicht ahnt, in welcher Tiefe das Leben und seine mächtigen Hilfsmittel verankert sind, stellt sie sich alsbald das Schlimmste vor; dieses Schlimmste jedoch erscheint ihr kaum als wirklich, weil es ihr unmöglich ist, den Tod ins Auge zu fassen.

Gérard sagte sich immer wieder: »Paul stirbt, Paul liegt im Sterben«; aber er glaubte es nicht. Dieser Tod seines Freundes schien ihm die natürliche Fortsetzung eines Traumes, eine Reise über den Schnee, die nie ein Ende nehmen würde. Denn wenn er Paul liebte, wie Paul Dargelos liebte, so war das, was Paul in Gérards Augen liebenswert machte, seine Schwäche. Da Paul wie gebannt in die Glut eines Dargelos starrte, würde Gérard, der Starke und Gerechte, über ihn wachen, ihn beobachten, ihn beschützen und verhindern, daß er sich daran verbrannte. Wie albern hatte er sich unter der Toreinfahrt betragen! Paul suchte Dargelos, Gérard wollte ihm durch seine Gleichgültigkeit imponieren, und das gleiche Gefühl, das Paul in die Schlacht trieb, hatte ihn abgehalten, ihm zu folgen. Er hatte ihn von weitem stürzen sehen, von roten Flecken besudelt, in einer jener Haltungen, die die Gaffer fernhalten. Da er fürchtete, Dargelos und seine Gruppe würden ihn, wenn er näher käme, daran hindern, jemanden von dem Unfall zu benachrichtigen, war er davongestürzt, um Hilfe herbeizuholen.

Nun fand er sich wieder in den Rhythmus der Gewohnheit hinein: er wachte über Paul; das war sein Posten. Er brachte ihn fort. Dieser ganze Traum hob ihn hinauf in einen Bereich der Ekstase. Die Lautlosigkeit des Wagens, die Straßenlampen, sein Auftrag, dies alles wirkte mit der Macht eines Zaubers. Es war, als ob die Schwäche seines Freundes zu Stein würde, ihre endgültige Größe gewann, und als ob seine eigene Kraft endlich eine Verwendung fände, die ihrer würdig war.

Plötzlich fiel ihm ein, welche Anschuldigung er gegen Dargelos erhoben hatte; er wußte wohl, daß es nur Rachsucht war, was ihn zu dieser Ungerechtigkeit veranlaßt hatte. Er sah die Loge des Pedells wieder vor sich, den Jungen, der verächtlich die Achseln zuckte, Pauls blaue Augen, seinen vorwurfsvollen Blick, seine übermenschliche Anstrengung, um zu sagen: »Du bist verrückt!« und um den Schuldigen zu entlasten. Er schob diesen störenden Umstand beiseite. Es gab Gründe, die ihn entschuldigten. Wenn Dargelos mit seinen Eisenhänden einen Schneeball preßte, so konnte dieser leicht zu einem Block werden, verbrecherischer als sein Taschenmesser mit den neun Klingen. Paul würde diesen Umstand vergessen. Vor allem aber galt es, koste es, was es wolle, zu jener Wirklichkeit der Kindheit zurückzufinden, jener ernsten, jener heroischen und geheimnisvollen Wirklichkeit, die sich von unscheinbaren Einzelheiten nährt und deren Zauber durch die Verhöre der Erwachsenen rücksichtslos zerstört wird.

Der Wagen fuhr unter freiem Himmel dahin. Gestirne glitten vorüber. Sie glitzerten in den frostbeschlagenen Scheiben, die von jähen Windstößen gepeitscht wurden.

Plötzlich ließen sich zwei klagende Töne vernehmen. Sie wurden ohrenzerreißend, klangen menschlich, unmenschlich; die Scheiben klirrten, und der Wirbelsturm der Feuerwehr brauste vorbei. Durch die Kratzer auf den Frostscheiben sah Gérard die Untergestelle der Aufbauten, die heulend hintereinander herrasten, die roten Leitern, die Männer mit den goldenen Helmen, die wie allegorische Gestalten darauf hockten.

Der rote Widerschein tanzte über Pauls Gesicht. Es schien Gérard, als kehre die Lebensfarbe zurück. Nachdem der Orkan vorüber war, war es wieder fahl wie zuvor, und Gérard bemerkte nun, daß die Hand, die er hielt, ganz heiß war und daß diese Hitze ihm erlaubte, das Spiel zu spielen. Spiel ist kaum der rechte Ausdruck, aber so nannte Paul jenen Zustand des Halbbewußtseins, in den die Kinder sich sinken lassen; er hatte es zur Meisterschaft darin gebracht. Raum und Zeit fügten sich seinem Gebot; er ließ sich in Träume ein, verflocht sie mit der Wirklichkeit, verstand sich darauf, in einem ungewissen Dämmer zu leben, erschuf sich während des Unterrichts eine Welt, in der Dargelos ihn bewunderte und seinen Befehlen gehorchte.

Spielt er das Spiel? fragt sich Gérard, während er die heiße Hand preßt und begierig in das zurückgelehnte Haupt späht.

Ohne Paul wäre dieser Wagen nichts als ein Wagen gewesen, dieser Schnee nur Schnee, diese Laternen nur einfache Laternen, diese Heimfahrt nur eine bloße Heimfahrt. Er war zu kräftig, um einen solchen Rausch aus sich selber zu erzeugen; Paul beherrschte ihn, und sein Einfluß hatte mit der Zeit alles verwandelt. Statt sich die Lehrfächer anzueignen – Grammatik, Rechnen, Geschichte, Erdkunde, Naturwissenschaften –, hatte er eine Art Wachschlaf zu schlafen gelernt, der einen völlig unerreichbar macht und

den Dingen ihre wahre Bedeutung zurückgibt. Eine indische Droge hätte auf diese reizbaren Kinder weniger gewirkt als ein Gummi oder ein Federhalter, an denen sie heimlich hinter ihren Pulten nagten.

Spielt er das Spiel?

Gérard gab sich keinen Täuschungen hin. Wenn Paul das Spiel spielte, so war das etwas ganz anderes. Eine vorbeifahrende Feuerwehr hätte ihn nicht davon ablenken können.

Er versuchte, den leichten Faden wieder aufzunehmen, aber es war keine Zeit mehr dazu; man war schon angekommen. Der Wagen hielt vor der Tür.

Paul fuhr aus seiner Betäubung auf.

»Soll ich jemanden zu Hilfe holen?« fragte Gérard.

Es war nicht nötig; wenn Gérard ihn stützte, würde er schon hinaufkommen. Gérard möge nur erst die Schulmappe herausnehmen.

Mit der doppelten Last, links die Mappe und rechts Paul, den er um die Hüfte gefaßt hielt und der den Arm um seinen Hals geschlungen hatte, stieg er die Stufen hinauf. Im ersten Stock machte er halt. Dort stand eine alte grüne Plüschbank, aus deren Rissen das Roßhaar und die Federn herausquollen. Gérard setzte seine kostbare Bürde ab, näherte sich der rechten Tür und läutete. Man hörte Schritte, ein Innehalten, eine Stille. – »Elisabeth!« Die Stille dauerte an. »Elisabeth!« flüsterte Gérard mit gepreßter Kehle.

»Mach auf! Wir sind es!«

Eine kleine, eigensinnige Stimme ließ sich vernehmen.

»Ich mache nicht auf! Ich hab' euch satt. Die Jungens können mir gestohlen bleiben. Ihr schämt euch wohl gar nicht, zu einer solchen Zeit heimzukommen?!«

»Lisbeth!« Gérard ließ nicht nach: »Mach auf, mach schnell auf, Paul ist krank.«

Wieder eine Pause, dann ging die Tür einen Spalt breit auf. Die Stimme fuhr fort:

»Krank? Das ist nur ein Trick, damit ich aufmache. Ist das auch wahr, was du da lügst?«

»Paul ist krank, mach rasch, er sitzt auf der Bank und schlottert vor Kälte.«

Die Tür ging ganz auf. Ein junges Mädchen von sechzehn Jahren erschien. Man sah sofort die Ähnlichkeit mit Paul; sie hatte die gleichen blauen Augen unter dichten schwarzen Wimpern, die gleichen blassen Wangen. Die zwei Jahre, die sie älter war, ließen gewisse Züge deutlicher hervortreten, und unter dem kurzen Lockenhaar war das Gesicht der Schwester schon über den bloßen Entwurf hinaus – das des Bruders erschien daneben ein wenig weichlich –, das ihre aber nahm sich zusammen und eilte noch etwas wirr der Schönheit entgegen.

Aus dem dunklen Vorraum sah man als erstes diese Blässe Elisabeths auftauchen und das helle Weiß einer Küchenschürze, die ihr viel zu lang war.

Die Wirklichkeit dessen, was sie für ein Märchen gehalten hatte, erstickte jeden Ausruf der Bestürzung in ihr. Sie und Gérard stützten Paul, der stolperte und den Kopf hängen ließ. Gleich im Vorraum wollte Gérard alles erklären.

»Du Rindvieh«, zischte Elisabeth, »du mußt dich natürlich wieder daneben benehmen. Kannst du nicht einmal sprechen ohne zu schreien? Willst du denn unbedingt, daß Mama uns hört?«

Sie betraten ein Eßzimmer, gingen um den Tisch herum und gelangten rechter Hand in das Zimmer der beiden Kinder.

Dieses Zimmer enthielt zwei winzige Betten, eine Kommode, einen Kamin und drei Stühle. Zwischen den beiden Betten führte eine Tür in eine Kammer, halb Baderaum, halb Küche, die auch vom Vorraum her einen Zugang hatte. Der erste Blick auf das Zimmer war überraschend. Ohne die Betten hätte man es für einen Abstellraum halten können. Leere Büchsen, Wäsche, Frottiertücher bedeckten den Boden und einen zerschlissenen Wollteppich. Mitten über dem Kamin thronte eine Gipsbüste, der man mit Tinte Augen und einen Schnurrbart aufgemalt hatte; überall hingen Seiten aus Magazinen, Zeitungen, Programmen mit Abbildungen von Filmstars, Boxern und Mördern.

Mit mächtigen Fußtritten bahnte sich Elisabeth einen Weg durch die Büchsen und Schachteln. Sie fluchte. Endlich streckten sie den Kranken auf einem Bett aus, das voller Bücher lag. Gérard erzählte den Hergang der Schlacht.

»Das ist doch die Höhe«, platzte Elisabeth los. »Die Herren amüsieren sich mit Schneeballschlachten, während ich die Krankenschwester spielen darf, während ich meine leidende Mutter pflege. Meine leidende Mutter!« schrie sie, sehr befriedigt über diese Worte, die ihr eine gewisse Wichtigkeit verliehen. »Ich pflege meine leidende Mutter, und ihr macht Schneeballschlachten. Und ich bin sicher, daß du es wieder warst, der Paul dazu verlockt hat, du altes Rindvieh!«

Gérard gab keine Antwort. Er kannte den leidenschaftlichen Stil der beiden Geschwister, ihre Pennälersprache, ihre beständige Hochspannung. Trotzdem blieb er schüchtern und nahm sich alles immer ein wenig zu Herzen.

»Und wer wird Paul nun pflegen, du oder ich?« fuhr sie fort. »Was stehst du da noch wie ein Klotz herum?«

»Meine liebe kleine Lisbeth...«

»Für dich bin ich weder Lisbeth noch deine liebe Kleine, ich muß doch sehr bitten... Schließlich...«

Eine ferne Stimme fiel ihr ins Wort:

»Gérard«, brachte Paul zwischen den Lippen hervor, »hör gar nicht hin, was die dumme Person sagt. Die will uns bloß fertigmachen!«

Elisabeth fuhr auf:

»Dumme Person! Na schön, seht doch selber zu, was ihr braucht, ihr dummen Kerle. Von mir aus kannst du dich alleine pflegen. Das ist der Gipfel! Ein Idiot, der keinen Schneeball verträgt, und ich bin blöd genug, mir darüber graue Haare wachsen zu lassen! – Schau mal, Gérard«, sagte sie unvermittelt, »paß auf!«

Mit einem plötzlichen Ruck warf sie ihr rechtes Bein in die Luft, hoch über ihren Kopf.

»Das hab' ich seit zwei Wochen geübt.«

Sie wiederholte die Übung.

»Und nun mach, daß du fortkommst! Marsch!«

Sie wies auf die Tür.

Gérard zauderte auf der Schwelle.

»Vielleicht...«, stammelte er, »wäre es doch richtig, einen Arzt zu holen.«

Elisabeth schmiß ihr Bein in die Höhe.

»Einen Arzt? Ich hab' grad noch auf deinen Rat gewartet. Du bist von einer seltenen Intelligenz. So wisse, daß der Arzt um sieben Uhr kommt, um nach Mama zu sehen; ich werde ihm Paul zeigen. Also marsch, hinaus!« schloß sie. Und da Gérard nicht wußte, was er tun sollte:

»Bist du etwa ein Arzt? Nein? Also scher dich! Willst du dich endlich hinausbequemen?«

Sie stampfte mit dem Fuß auf, und ihr Auge schoß einen harten Blitz. Gérard trat den Rückzug an.

Da er rückwärts hinausging und das Eßzimmer finster war, stieß er einen Stuhl um.

»Du bist und bleibst ein altes Rindvieh!« rief das Mädchen hinter ihm her. »Heb ihn nicht auf, sonst wirfst du noch einen zweiten um. Mach, daß du fortkommst, aber schleunigst! Und vor allem, knall nicht die Tür zu!«

Vor der Wohnung fiel Gérard ein, daß unten ein Wagen auf ihn wartete und daß er keine fünf Groschen in der Tasche hatte. Er wagte nicht, noch einmal zu läuten. Elisabeth würde nicht öffnen, oder sie würde glauben, es sei der Doktor, und ihn mit Spott und Hohn überschütten.

Er wohnte in der Rue Laffitte, bei einem Onkel, der ihn aufzog. Er beschloß, sich dorthin fahren zu lassen, die näheren Umstände zu erklären und den Onkel zu veranlassen, daß er den Fahrer bezahlte.

Er rollte dahin, in die Ecke gedrückt, in der soeben sein Freund gelehnt hatte. Vorsätzlich ließ er den Kopf hintenüber hängen und von den Stößen des Wagens hin und her schleudern. Er versuchte nicht, das Spiel zu spielen; er litt. Nach einem kurzen Aufenthalt im Land der Wunder hatte er die verwirrende Atmosphäre der beiden Geschwister wieder gefunden. Elisabeth hatte ihn aufgeweckt, hatte ihn daran erinnert, daß die Schwäche ihres Bruders nicht ohne grausame Launen war. Der Paul, der sich Dargelos zum Opfer gebracht, den Dargelos besiegt hatte, war nicht der Paul, dessen Sklave Gérard war. Gérards Betragen während der Wagenfahrt glich ein wenig dem eines Wahnsinnigen, der eine Tote mißbraucht, und, ohne sich den Sachverhalt mit solcher Kraßheit vorzustellen, mußte er sich eingestehen, daß er den Zauber jener Minuten nur einem Bündnis zwischen dem Schnee und der Ohnmacht, gewissermaßen einem Mißverständnis, verdankte. Paul während dieser Fahrt eine aktive Rolle zuschreiben, hieße in dem flüchtigen Widerschein der Feuerwehr ein Rückströmen des Blutes erkennen wollen.

Gewiß, er kannte Elisabeth, die schwärmerische Verehrung, mit der sie ihren Bruder umgab, und er wußte auch, welche Freundschaft er von beiden erwarten durfte. Elisabeth und Paul liebten ihn sehr, er kannte den Wettersturm ihrer Liebe, die Blitze, die ihre Augen gegeneinander schleuderten, die Heftigkeit ihrer Launen, ihre scharfen Zungen. Ernüchtert, den Kopf zurückgelehnt, hin und her geworfen, mit kaltem Nacken, rückte er alles wieder zurecht. Doch wenn diese Verständigkeit ihn hinter Elisabeths Worten ein glühendes und zärtliches Herz erkennen ließ, so führte sie ihn auch zu der Ohnmacht zurück, zu der Wahrheit jener Ohnmacht, die eine Ohnmacht für Erwachsene war, und zu den Folgen, die sich daraus ergeben konnten.

In der Rue Laffitte bat er den Fahrer, einen Augenblick zu warten. Der Fahrer brummte. In großen Sätzen eilte er die Treppe hinauf, fand den Onkel zu Hause und konnte den guten bewegen, die Schuld zu begleichen.

Unten aber war die Straße leer und nichts zu sehen als der Schnee ringsum. Der Fahrer war es wohl leid geworden und hatte sich überreden lassen, einen Fußgänger zu befördern, der ihm die bisherige Taxe zu zahlen versprach. Gérard steckte das Geld ein. Ich werde nichts sagen, dachte er. Ich werde Elisabeth etwas kaufen. Und das wird mir als Vorwand dienen, mich nach Pauls Befinden zu erkundigen.

In der Rue Montmartre betrat, nach Gérards Flucht, Elisabeth das Zimmer ihrer Mutter; dieses Zimmer bildete,

zusammen mit einem ärmlichen Salon, den linken Teil der Wohnung. Die Kranke schlummerte. Seitdem ein Anfall sie vor vier Monaten in voller Lebenskraft gelähmt hatte, schien diese Fünfunddreißigjährige eine Greisin und sehnte den Tod herbei. Ihr Mann hatte sie bezaubert, verhätschelt, ruiniert, verlassen. Drei Jahre lang erschien er nur hin und wieder zu kurzem Aufenthalt in der ehelichen Wohnung. Er führte dort abscheuliche Szenen auf. Eine Leberzirrhose brachte ihn nach Hause zurück. Er verlangte, daß man ihn pflegte. Er drohte, sich zu töten, fuchtelte mit einem Revolver herum. War der Anfall vorüber, kehrte er zu seiner Mätresse zurück, die ihn davonjagte, wenn das Übel sich meldete. Einmal kam er, tobte, legte sich nieder und, unfähig zu neuem Aufbruch, starb er bei der Gattin, mit der zu leben er sich geweigert hatte.

Ein Aufbegehren verwandelte diese erloschene Frau in eine Mutter, die ihre Kinder vernachlässigte, sich schminkte, jede Woche das Hausmädchen wechselte, tanzte und das Geld nahm, wo sie es fand.

Von ihr hatten Elisabeth und Paul diese bleiche Maske. Von ihrem Vater hatten sie die Unordnung, die Eleganz, die wilden Launen geerbt.

Wozu noch leben? dachte sie; der Arzt, ein alter Freund des Hauses, würde die Kinder niemals verkommen lassen. Eine bewegungsunfähige Frau war der Kleinen und dem ganzen Haus zur Last.

»Du schläfst, Mama?«

»Nein, ich war nur ein wenig eingenickt.«

»Paul hat sich den Fuß verrenkt; ich hab' ihn ins Bett gesteckt und werde den Doktor bitten, ihn einmal anzuschauen.«

»Hat er Schmerzen?«

»Ja, wenn er geht. Ich soll dir einen Kuß von ihm geben. Er schneidet Zeitungen aus.«

Die Kranke seufzte. Seit langem schon verließ sie sich in allem auf ihre Tochter. Sie besaß den Egoismus der Leidenden. Sie legte keinen Wert darauf, etwas genauer zu erfahren.

»Und das Mädchen?«

»Immer das gleiche.«

Elisabeth kehrte in ihr Zimmer zurück. Paul hatte sich zur Wand gedreht.

Sie beugte sich über ihn:

»Du schläfst?«

»Leck mich am Arsch!«

»Sehr liebenswürdig. Du bist verreist.« (In der Sprache der Geschwister bezeichnete der Ausdruck *verreisen* den Zustand, der durch das Spiel hervorgerufen wurde; man sagte: *ich will verreisen, ich verreise, ich bin verreist*. Den verreisten Spieler zu stören, galt als unverzeihlicher Verstoß gegen die Regeln.) – »Du bist verreist, und ich darf mich abrackern. Du bist ein widerlicher Kerl. Ein richtiges Ekel. Gib deine Füße her, daß ich dir die Schuhe ausziehe. Du hast ja ganz eisige Füße. Warte, ich werde dir einen Wärmkrug machen.«

Sie stellte die schmutzstarrenden Schuhe neben die Büste und verschwand in die Küche. Man hörte, wie sie das Gas anzündete. Dann kam sie zurück und schickte sich an, Paul auszuziehen. Er knurrte, ließ aber alles mit sich geschehen. Wenn seine Beihilfe unerläßlich wurde, sagte Elisabeth: »Hebe den Kopf« oder »Hebe das Bein« und »Wenn du dich totstellst, kann ich dir diesen Ärmel nicht ausziehen.«

Zugleich leerte sie nach und nach seine Taschen und warf den Inhalt auf den Boden: ein Taschentuch voller

Tintenflecke, ein paar Zündschnüre, rautenförmige Brustbonbons, die mit wolligen Flocken zusammenklebten. Dann öffnete sie eine Schublade und tat das übrige hinein: eine kleine Hand aus Elfenbein, eine Achatkugel, die Schutzhülse eines Füllhalters.

Das war der Schatz. Ein unmöglich zu beschreibender Schatz, da die Gegenstände in der Schublade ihrem ursprünglichen Gebrauch so sehr entfremdet waren, sich mit einer solchen Symbolik befrachtet hatten, daß er dem Uneingeweihten nur den Anblick eines wertlosen Trödels von Schraubschlüsseln, Aspirinröhrchen, Aluminiumringen und Lockenwicklern bot.

Der Wärmkrug war heiß. Schimpfend schlug sie die Decke zurück, entfaltete ein langes Hemd und kehrte das Taghemd um, wie man einem Hasen das Fell abzieht. Pauls Körper hemmte jedesmal ihre Heftigkeit. Vor so viel Anmut stiegen ihr die Tränen auf. Sie wickelte ihn ein, steckte die Decken fest und beendete ihre Fürsorglichkeiten mit einem »Schlaf jetzt, du altes Kamel!«, das von einem Abschiedswink begleitet war. Dann, mit starrem Blick und gerunzelten Brauen, die Zunge ein wenig zwischen den Lippen vorgestreckt, führte sie einige Übungen aus.

Ein Klingelzeichen unterbrach sie. Die Klingel war nur schwer zu hören; man hatte sie mit Leinenstreifen umwickelt. Es war der Arzt. Elisabeth schleifte ihn an seinem Pelzmantel bis vor das Bett ihres Bruders und berichtete, was geschehen war.

»Laß uns allein, Lisa. Bring mir das Thermometer und warte auf mich im Salon. Ich will ihn abhorchen, und ich mag es nicht, wenn sich einer dabei um mich herum bewegt oder mir zuschaut.«

Elisabeth durchquerte das Eßzimmer und betrat den Salon. Der Schnee fiel noch immer und tat auch hier seine Wunder. Aufrecht hinter einem Sessel betrachtete das Mädchen diesen unbekannten Raum, den der Schnee wie schwebend in der Luft erhielt. Von dem gegenüberliegenden Gehsteig fiel ein Widerschein an die Decke und zeichnete dort die Umrisse der Fenster mehrmals in Schatten und Halbschatten ab; so entstand ein Lichtgespinst, auf dessen Arabesken die verkleinerten Silhouetten der Passanten vorbeiglitten.

Dieser täuschende Anblick eines Zimmers, das im Leeren zu hängen schien, wurde noch erhöht durch den Spiegel, der etwas Lebendiges an sich hatte und zwischen Gesims und Boden als ein regungsloses Gespenst dastand. Von Zeit zu Zeit wischte die Schattenbahn eines Automobils über das Ganze hin.

Elisabeth versuchte, das Spiel zu spielen. Es gelang ihr nicht. Ihr Herz pochte. Für sie wie für Gérard hörten die Folgen der Schneeballschlacht auf, dem Bereich der Sage anzugehören. Der Arzt versetzte sie in eine harte Welt zurück, wo die Furcht zu Hause ist, wo man Fieber hat und sich den Tod holt. Einen Augenblick lang sah sie ihre gelähmte Mutter vor sich, ihren Bruder im Sterben, die Suppe, die eine Nachbarin brachte, das kalte Fleisch, die Bananen, die Keks, die man zu beliebigen Zeiten aß, das Haus ohne Mädchen, ohne Liebe.

Es kam vor, daß Paul und sie sich von Malzbonbons ernährten, die sie jeder in seinem Bett verzehrten, während sie Schimpfreden und Bücher austauschten; denn sie lasen nur einige wenige Bücher und stets dieselben, an denen sie sich überfraßen bis zum Ekel. Dieser Ekel gehörte zu einem Zeremoniell, das mit einer peinlich genauen Untersuchung der Betten anfing, aus denen Krümel und Falten zu entfer-

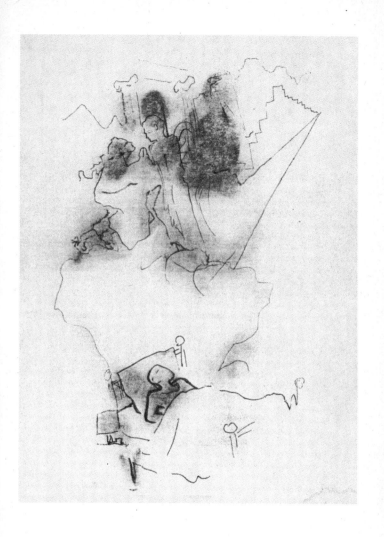

nen waren, das in wüsten Verschlingungen seine Fortsetzung fand und endlich in das Spiel überging, dem der Ekel, wie es schien, einen besseren Start verlieh.

»Lisa!«

Elisabeth hatte die Traurigkeit schon weit hinter sich gelassen. Der Anruf des Arztes brachte sie wieder aus der Fassung. Sie öffnete die Tür.

»Also«, sagte er, »es besteht durchaus kein Anlaß zur Aufregung. Kein schwerer Fall. Kein schwerer Fall, aber doch ein ernster. Er war immer schon schwach auf der Brust. Ein Stüber genügte. Es kann keine Rede davon sein, daß er zur Schule geht. Ruhe, Ruhe und nochmals Ruhe. Du hast recht getan, nur von einer Verrenkung zu reden. Wir wollen deiner Mutter jede überflüssige Aufregung ersparen. Du bist eine verständige Person; ich zähle auf dich. Ruf mir das Mädchen.«

»Wir haben kein Mädchen mehr.«

»Auch gut. Ich werde ab morgen zwei Krankenschwestern schicken, die einander ablösen werden und sich des Haushalts annehmen sollen. Sie kaufen das Notwendige ein, und du überwachst die Belegschaft.«

Elisabeth dankte ihm nicht. Sie war es so gewöhnt, daß immer wieder Wunder geschahen, daß sie sie ohne Überraschung hinnahm. Sie erwartete sie geradezu, und immer traten sie ein.

Der Doktor besuchte noch seine Kranke und ging fort.

Paul schlief. Elisabeth horchte auf seinen Atem und betrachtete ihn. Eine heftige Leidenschaft trieb sie von Grimassen zu Zärtlichkeiten. Einen schlafenden Kranken neckt man nicht. Man untersucht ihn. Man entdeckt bläuliche Flecken unter seinen Lidern, man sieht, daß seine

Oberlippe leicht geschwollen ist und über die Unterlippe vorsteht, man heftet sein Ohr auf seinen arglosen Arm. Was für einen Aufruhr das Ohr dort vernimmt! Elisabeth hält sich das linke Ohr zu. Das Brausen ihres eigenen Blutes verstärkt das des anderen. Sie bekommt es mit der Angst. Es scheint fast, als ob der Aufruhr anschwillt. Wenn er noch stärker anschwillt, bedeutet das den Tod.

»Paul! Lieber Paul!«

Sie rüttelt ihn wach.

»Was ist denn?«

Er reckt sich. Er blickt in ein angstverzerrtes Gesicht.

»Was hast du, wirst du verrückt?«

»Ich?«

»Ja, du. Du kannst einem vielleicht auf die Nerven gehn. Warum willst du andere Leute nicht schlafen lassen?«

»Andere Leute! Ich möchte auch lieber schlafen, aber ich wache, ich bring' dir was zu essen, ich horche auf dein Brausen.«

»Was für ein Brausen?«

»Ein schreckliches Brausen!«

»Dumme Ziege!«

»Und ich wollte dir eine wichtige Neuigkeit verkünden. Aber weil ich eine dumme Ziege bin, behalte ich sie für mich.«

Die wichtige Neuigkeit lockte Paul. Er vermied eine allzu offenkundige List.

»Du kannst sie ruhig für dich behalten, deine Neuigkeit«, sagte er. »Sie ist mir scheißegal.«

Elisabeth zog sich aus. Bruder und Schwester kannten keine Scheu voreinander. Dieses Zimmer war die Schale einer Schildkröte, in der sie lebten, sich wuschen, sich an- und auszogen, wie zwei Glieder desselben Leibes.

Auf einen Stuhl neben den Kranken stellte sie kaltes Rindfleisch, Bananen, Milch, und brachte etwas Trockengebäck und einen Granatsaft zu dem leeren Bett, in das sie sich hineinlegte.

Schweigend kaute sie und las, als Paul, von Neugier geplagt, sie fragte, was der Doktor gesagt habe. Die Diagnose war ihm gleichgültig. Er wollte die wichtige Neuigkeit erfahren. Diese aber konnte nur damit zusammenhängen.

Ohne die Augen von ihrem Buch zu heben und ohne ihre Kaubewegungen zu unterbrechen, ließ sich Elisabeth, welche die Frage störte und welche die Folgen einer Weigerung fürchtete, mit gleichmütiger Stimme vernehmen:

»Er hat gesagt, du solltest jetzt nicht in die Penne gehen.«

Paul schloß die Augen. Ein gräßlicher Anfall von Übelkeit zeigte ihm Dargelos, einen Dargelos, der fortfuhr, anderswo zu leben, eine Zukunft, in der Dargelos nicht mehr vorkam. Die Übelkeit wurde so heftig, daß er zu ihr hinüberrief:

»Lisa!«

»Was denn?«

»Lisa, mir wird schlecht.«

»Das hat mir gerade noch gefehlt.«

Sie stand auf und humpelte auf einem eingeschlafenen Bein.

»Was möchtest du?«

»Ich möchte... ich möchte, daß du bei mir bleibst, hier an meinem Bett.«

Seine Tränen flossen. Er weinte wie die ganz kleinen Kinder, mit einer Schnute, völlig verschmiert von schwerer Nässe und Rotz.

Elisabeth zog ihr Bett vor die Küchentür. Es stieß fast an

das Bett ihres Bruders, nur ein Stuhl stand dazwischen. Sie schlüpfte unter die Decke zurück und streichelte die Hand des Unglücklichen.

»Aber, aber...«, sagte sie. »So ein Dummerle. Da sagt man, er brauche nicht in die Schule zu gehn, und er weint. Denk nur, wir werden uns ganz in unser Zimmer zurückziehen. Zwei weiße Schwestern werden kommen, der Doktor hat es mir versprochen, und ich geh' nur noch fort, um Bonbons zu holen, und in die Leihbücherei.«

Die Tränen zogen feuchte Spuren über das arme blasse Gesicht, und einige, die von den Spitzen der Wimpern tropften, pochten auf das Kopfpolster.

Vor dieser Katastrophe, die ihr noch ein Rätsel war, biß Lisa sich die Lippen.

»Hast du Angst?« fragte sie.

Paul bewegte den Kopf von rechts nach links.

»Arbeitest du so gern?«

»Nein.«

»Also, was denn? Schluß damit!... Hör zu!« (Sie schüttelte seinen Arm.) »Wollen wir das Spiel spielen? Schneuz dich! Schau. Ich hypnotisiere dich.«

Sie kam näher, riß ihre Augen weit auf.

Paul weinte, schluchzte. Elisabeth war todmüde. Sie wollte das Spiel spielen, sie wollte ihn trösten, ihn hypnotisieren; sie wollte begreifen, was los war. Doch der Schlaf fegte ihre Anstrengungen mit breiten, schwarzen Schattenbahnen hinweg, die sich im Kreise drehten, wie die der Automobile über dem Schnee.

Anderntags setzte ein geregelter Dienst ein. Um halb sechs öffnete eine Krankenschwester in weißem Kittel Gérard die Tür. Er brachte künstliche Parmaveilchen in einer Schachtel. Elisabeth war gleich bestochen.

»Geh nur zu Paul hinein«, sagte sie ohne Bosheit. »Ich muß aufpassen, wenn Mama ihre Spritze bekommt.«

Gewaschen, gekämmt, sah Paul fast wieder wohl aus. Er wollte wissen, was sich im Condorcet ereignet hatte. Was er erfuhr, war niederschmetternd.

In der Frühe war Dargelos zum Direktor gerufen worden. Der Direktor wollte das Verhör des Inspektors wieder aufnehmen.

Dargelos, aufs äußerste gereizt, antwortete etwas wie »Schon gut, schon gut!« auf so unverschämte Weise, daß der Direktor sich aus seinem Sessel erhob und ihm über den Tisch hinweg mit der Faust drohte. Worauf Dargelos ein Tütchen Pfeffer aus seiner Jacke zog und ihm den Inhalt mitten ins Gesicht warf.

Der Erfolg war so schrecklich, von so unwahrscheinlicher Plötzlichkeit, daß Dargelos voller Entsetzen aufrecht auf einen Stuhl sprang, aus einer Art Abwehr gegen eine sich öffnende Schleuse, eine reißende Überschwemmung. Von diesem erhöhten Standort aus beobachtete er das Schauspiel eines blinden alten Mannes, der sich den Kragen aufriß, sich über einen Tisch wälzte, grunzte und sich wie ein Tobsüchtiger gebärdete. Der Anblick dieser Tobsucht und eines Dargelos, der auf der Stuhllehne hockte, mit dem gleichen stumpfsinnigen Ausdruck wie gestern, nachdem er den Schneeball geworfen, ließ den Inspektor, den das Klagegeschrei herbeigerufen hatte, auf der Schwelle erstarren.

Da es auf den Schulen keine Todesstrafe gibt, wurde Dargelos von der Anstalt verwiesen und der Direktor auf die Krankenstube gebracht. Dargelos durchschritt den Vorhof erhobenen Hauptes, mit geblähten Backen, ohne jemandem die Hand zu reichen.

Man kann sich vorstellen, in welche Aufregung die Erzählung dieses Skandals den Kranken versetzte. Da Gérard nichts von einem Triumph durchblicken läßt, wird er seine Qual geheimhalten. Dennoch kann er die Frage nicht unterdrücken:

»Weißt du, wo er wohnt?«

»Nein, mein Lieber; so jemand hinterläßt niemals eine Adresse.«

»Armer Dargelos! Das ist also alles, was uns von ihm übrigbleibt. Bring mir die Fotos her.«

Gérard ergreift deren zwei, die hinter der Büste stecken. Auf dem einen sieht man die Klasse. Die Schüler stehen in Reihen hintereinander, der Größe nach gestaffelt. Links von dem Lehrer hocken Paul und Dargelos auf der Erde. Dargelos hält die Arme verschränkt. Wie ein Fußballspieler stellt er stolz seine kräftigen Beine zur Schau, eines der Attribute seiner Herrschaft.

Die andere Aufnahme zeigt ihn im Gewand der jüdischen Königin Athalia. Die Schüler hatten zu einem Sankt-Carolus-Tag die *Athalie* von Racine einstudiert. Dargelos hatte die Titelrolle des Stückes spielen wollen. Unter seinen Schleiern, seinem Flitter sieht er wie ein junger Tiger aus und gleicht den großen Tragödinnen der achtziger Jahre.

Während Paul und Gérard in ihre Erinnerungen versunken waren, trat Elisabeth herein.

»Wollen wir ihn dazutun?« sagte Paul und schwenkte die zweite Fotografie.

»Wen dazutun? Wohin dazu?«

»Zu dem Schatz?«

»Was soll zu dem Schatz dazu?«

Elisabeth setzte eine mißtrauische Miene auf.

Für den Schatz hatte sie eine ganz besondere Verehrung. Dem Schatz einen neuen Gegenstand hinzuzufügen, war kein Kinderspiel. Sie verlangte, daß man ihren Rat einhole.

»Wir holen ihn ja ein«, fuhr ihr Bruder fort, »dies ist das Foto des Burschen, der den Schneeball auf mich geworfen hat.«

»Zeig her.«

Lange prüfte sie die Aufnahme und antwortete nichts.

Paul fügte hinzu:

»Auf mich hat er den Schneeball geworfen, den Direktor hat er mit Pfeffer beworfen, sie haben ihn von der Penne gejagt.«

Elisabeth untersuchte, überlegte, ging hin und her, biß sich den Daumennagel. Endlich zog sie die Schublade ein wenig auf, ließ das Bild durch den Spalt hineingleiten und schloß wieder zu.

»Er hat eine widerwärtige Visage«, sagte sie. »Giraff (das war Gérards freundschaftlicher Spitzname), du darfst Paul nicht überanstrengen; ich gehe zu Mama zurück. Ich überwache die Krankenschwestern. Das ist nämlich gar nicht so einfach. Immerzu wollen sie *die Initiative* ergreifen. Ich kann sie keine Minute allein lassen.«

Und halb ernst, halb spöttisch verließ sie das Zimmer, wobei sie sich mit einer theatralischen Gebärde über die Haare strich und so tat, als zöge sie eine schwere Schleppe nach.

Dank des Arztes nahm das Leben nun einen etwas normaleren Verlauf. Diese Art von Komfort blieb jedoch auf die Kinder fast ohne Einfluß: sie hatten ihr eigenes Wohlbefinden, und das war nicht von dieser Welt. Nur Dargelos konnte für Paul die Schule anziehend machen. Sobald Dargelos relegiert war, wurde das Condorcet ein Gefängnis.

Im übrigen begann Dargelos' Einfluß sich zu verändern. Nicht, daß er etwa schwächer wurde. Im Gegenteil, der Schüler wuchs, löste sich vom Boden, stieg an den Himmel des Zimmers empor. Seine blauumränderten Augen, sein Lockenhaar, sein wulstiger Mund, seine breiten Hände, seine zerschundenen Knie, alles dies trat allmählich zu einem Sternbild auseinander. Das bewegte sich, kreiste, mit leeren Räumen dazwischen. Kurzum, Dargelos verschmolz mit der Fotografie des Schatzes. Modell und Aufnahme wurden eines. Das Modell wurde überflüssig. Eine abstrakte Gestalt idealisierte das schöne Tier, bereicherte das Zubehör des Zauberkreises, und Paul, von der Schule erlöst, genoß wollüstig eine Krankheit, die für ihn nur noch endlose Ferien bedeutete.

Alle wohlgemeinten Ratschläge der Krankenschwestern waren der Unordnung des Zimmers nicht Herr geworden. Sie wurde nur noch schlimmer und fing an, Gassen zu bilden. Diese Fluchten von Schachteln, diese Seen von Papier, diese Berge von Wäsche waren die Stadt des Kranken und seine Bühne. Elisabeth fand ein besonderes Vergnügen daran, wichtige Perspektiven zu zerstören, unter dem Vorwand, die Wäscherin sei da, ganze Berge zum Einsturz zu bringen, und durch alle erdenklichen Vorkehrungen jene gewitterschwüle Atmosphäre zu erhalten, die ihnen beiden unentbehrlich war.

Gérard kam jeden Tag, von einem Hagel von Schimpfreden empfangen. Er lächelte, beugte den Kopf. Eine sanfte Gewohnheit hatte ihn gegen solche Begrüßungen unempfindlich gemacht. Sie verfehlten völlig ihre Wirkung, und er genoß sie sogar wie eine Liebkosung. Angesichts seiner Kaltblütigkeit platzten die Geschwister vor Lachen; und sie taten, als fänden sie ihn lächerlich »heroisch« und als flüsterten sie sich Dinge zu, die ihn betrafen und die sie geheimhielten.

Gérard kannte das Programm. Unverwundbar, faßte er sich in Geduld, visitierte das Zimmer, forschte nach den Spuren eines neuerlichen Einfalls, über den schon niemand mehr den Mund auftat. Eines Tages zum Beispiel las er auf dem Spiegel in großen Buchstaben, die mit Seife geschrieben waren: *Der Selbstmord ist eine Todsünde.*

Dieser hochtrabende Spruch, der dort stehenblieb, mochte wohl auf dem Spiegel eine ähnliche Rolle spielen wie der Schnurrbart auf der Büste. Für die Geschwister schien er ebenso unsichtbar zu sein, als hätten sie ihn mit Wasser geschrieben. Er zeugte für den Überschwang gewisser seltener Episoden, denen keiner beiwohnte.

Als ein ungeschickter Satz ihre Waffen aus der Richtung brachte, wandte Paul sich unversehens gegen seine Schwester. Das Paar ließ seine allzu leichte Beute fahren und machte sich die bereits erreichte Geschwindigkeit zunutze.

»Ach!« seufzte Paul, »wenn ich endlich mein eigenes Zimmer haben werde...«

»Und ich das meinige.«

»Da wird es sauber aussehen, in deinem Zimmer!«

»Jedenfalls sauberer als in deinem! – Stell dir vor, Giraff, er will einen Kronleuchter haben...«

»Schweig!«

»Giraff, er wird eine Sphinx aus Gips vor dem Kamin

haben, und er will einen Barockleuchter mit Ölfarbe anstreichen.«

Sie prustete vor Lachen.

»Jawohl, ich werde eine Sphinx haben und einen Kronleuchter. Einer solchen Null, wie du eine bist, geht dafür jedes Verständnis ab.«

»Und ich hab' es satt, noch länger hierzubleiben. Ich werde im Hotel wohnen. Mein Koffer ist gepackt. Ich zieh' ins Hotel. Von mir aus kann er sich alleine pflegen! Ich hab' es satt, noch länger hierzubleiben. Mein Koffer ist gepackt. Ich hab' es satt, mit diesem Unflat zusammen zu leben.«

Jede dieser Szenen endete damit, daß Elisabeth die Zunge herausstreckte, die Architekturen der Unordnung mit ihren Pantoffeln zertrat und davonbrauste. Paul spuckte ihr nach, sie knallte die Tür, und dann hörte man weitere Türen, die krachend ins Schloß fielen.

Paul hatte bisweilen kleine Anfälle von Somnambulismus. Statt sie zu erschrecken, versetzten diese sehr kurzen Anfälle Elisabeth in eine besondere Erregung. Sie allein konnten den Verstockten veranlassen, aus seinem Bett aufzustehen.

Sobald Elisabeth ein langes Bein erscheinen sah, das sich auf eine gewisse Weise bewegte, hielt sie den Atem an und richtete all ihre Aufmerksamkeit auf das Treiben der lebenden Statue, die ohne anzustoßen umherwandelte, sich wieder niederlegte und das Bettzeug über sich zog.

Der plötzliche Tod ihrer Mutter unterbrach ihre stürmischen Auseinandersetzungen. Sie liebten sie, und sie

kränkten sie nur, weil sie sie für unsterblich hielten. Dieser Tod war um so schrecklicher, als sie sich verantwortlich glaubten. Denn die Mutter war gestorben, ohne daß sie es gewahr wurden, eines Abends, als Paul, der zum erstenmal aufgestanden war, und seine Schwester sich gerade in ihrem Schlafzimmer stritten.

Die Pflegerin war in der Küche. Der Streit entartete zur Schlacht, und mit glühenden Wangen suchte die Kleine eine Zuflucht bei dem Lehnsessel der Kranken, als sie sich unversehens auf tragische Weise einer unbekannten großen Frau gegenübersah, die sie beobachtete, mit weit aufgerissenen Augen und offenem Munde.

Die steifen Arme des Leichnams, seine um die Lehnen gekrampften Finger verliehen ihm eine jener Haltungen, wie sie der Tod improvisiert und die nur er zustande bringt. Der Doktor hatte diesen Schlaganfall vorausgesehen. Allein gelassen, unfähig zu handeln, starrten die Kinder mit fahlen Gesichtern auf diesen versteinerten Schrei, diese Puppe, die man statt einer Lebendigen untergeschoben hatte, diesen wütenden Voltaire, der ihnen völlig fremd war.

Dieser Anblick hinterließ einen nachhaltigen Eindruck bei ihnen. Nach den Trauerfeierlichkeiten, den Tränen, der Bestürzung, nach Pauls Rückfall, den ermunternden Worten des Arztes und von Gérards Onkel, die den Haushalt durch eine Krankenschwester versehen ließen, fanden die beiden Geschwister sich wieder einander gegenüber.

Weit entfernt, die Erinnerung an die Mutter ihnen zur Qual zu machen, kamen die unwahrscheinlichen Umstände ihres Todes ihr vielmehr zustatten. Der Blitzstrahl, der sie getroffen hatte, hinterließ von der Toten ein Bild, das mit der Mutter, der sie nachtrauerten, in gar keinem Zusammenhang stand. Außerdem läuft eine Abwesende, die man gewohnheitsmäßig beweint, bei solchen reinen, solchen wilden Wesen bald Gefahr, ihren Platz einzubüßen. Sie kennen keine Konventionen. Der animalische Instinkt beherrscht sie, und man kennt ja den Zynismus der Tiere gegenüber ihren Erzeugern. Aber das Zimmer forderte etwas Unerhörtes. Das Unerhörte dieses Todes schützte die Tote wie ein barbarischer Sarkophag und verlieh ihr überraschenderweise, ebenso wie Kinder sich eines ernsten Ereignisses dank einer lächerlichen Einzelheit erinnern, den Ehrenplatz am Himmel der Träume.

Pauls Rückfall war langwierig und bedrohlich. Marietta, die Pflegerin, nahm sich ihre Aufgabe wirklich zu Herzen. Der Arzt war sehr ungehalten gewesen. Er verlangte Ruhe, Entspannung, Überernährung. Er kam, um seine Anordnungen zu erteilen, hinterließ die nötigen Beträge und kam abermals vorbei, um zu sehen, ob seine Anordnungen auch durchgeführt worden waren.

Anfangs widerborstig, angriffslustig, hatte Elisabeth sich schließlich von Mariettas großem rosigen Gesicht, ihren grauen Locken und ihrer Ergebenheit besiegen lassen. Diese Ergebenheit schien jeder Probe gewachsen zu sein. Verliebt in einen Enkel, der in der Bretagne lebte, entzifferte diese Großmutter, diese ungebildete Bretonin, die Hieroglyphen der Kindheit.

Rechtlich denkende Richter hätten Elisabeth und Paul kompliziert gefunden, hätten die erbliche Belastung durch eine Tante, die wahnsinnig wurde, einen Vater, der Alkoholiker war, zur Entschuldigung angeführt. Marietta aber, einfach wie die Einfachheit selbst, erriet das Unsichtbare. Sie fühlte sich wohl in diesem kindlichen Klima. Sie suchte nichts darüber hinaus. Sie spürte, daß die Luft dieses Zimmers leichter als Luft war. Das Laster hätte dort ebensowenig gedeihen können, wie gewisse Mikroben die höheren Regionen vertragen. Eine reine, behende Luft, in der nichts Schweres, nichts Niedriges, nichts Gemeines Zugang fand. Marietta ließ sie gelten, beschützte sie, wie man das Genie gewähren läßt und seine Arbeit beschützt. Und ihre Einfalt verlieh ihr eine geniale Einsicht, die imstande war, das schöpferische Genie des Zimmers zu respektieren. Denn es war in der Tat ein Meisterwerk, das diese Kinder schufen, ein Meisterwerk, das sie *waren,* an dem die Verstandeskräfte keinen Teil hatten und das darum so wunderbar war, weil es keiner Absicht diente und niemand darauf stolz war.

Muß man eigens erwähnen, daß der Knabe seine Mattigkeit ausnutzte und sich seines Fiebers bediente? Er schwieg, reagierte auf keine Beschimpfungen.

Elisabeth schmollte, verschloß sich in einem verächtlichen Schweigen. Als sie dieses Schweigen leid war, wechselte sie aus der Rolle der Megäre in die der Amme über. Sie opferte sich auf, sprach mit sanfter Stimme, ging auf Zehenspitzen, öffnete und schloß die Türen mit der größten Behutsamkeit, behandelte Paul als einen *minus habens,* einen Schwachsinnigen, eine arme, bemitleidenswerte Kreatur.

Sie würde Pflegerin in einem Krankenhaus werden. Marietta würde ihr das Nötige beibringen. Stundenlang schloß sie sich in dem Ecksalon ein, wo sie mit der Schnurrbartbürste, zerrissenen Hemden, saugfähiger Watte, Mullbinden und Sicherheitsnadeln hantierte. Auf allen Möbeln fand man diese Gipsbüste mit den entsetzten Augen wieder, den Kopf von einem dicken Verband umwickelt. Marietta starb jedesmal fast vor Angst, wenn sie in ein unbeleuchtetes Zimmer trat und sie im Dunkeln erblickte.

Der Arzt beglückwünschte Elisabeth und konnte sich über eine solche Verwandlung nicht genug verwundern.

Und das dauerte an. Sie beharrte dabei, wuchs in ihre Rolle hinein. Niemals nämlich, nicht einen einzigen Augenblick lang, waren unsere jungen Helden sich des Schauspiels bewußt, das sie für die Außenwelt darstellten. Sie stellten es auch gar nicht dar, und es lag ihnen nichts daran, es darzustellen. Dieses ansaugende, dieses verschlingende Zimmer, das sie zu verabscheuen glaubten, durchtränkten sie mit dem Element der Träume. Sie machten Pläne, wie jedes sein eigenes Zimmer haben würde, und dachten nicht einmal daran, das leere Zimmer zu benützen. Die Wahrheit zu sagen, hatte Elisabeth dies eine kurze Weile in Erwägung gezogen. Aber die durch das gemeinsame Zimmer ins Erhabene gesteigerte Erinnerung an die Tote jagte ihr an dieser Stätte noch immer zuviel Entsetzen ein. Sie nahm die Überwachung des Kranken zum Vorwand und blieb.

Zu Pauls Krankheit traten nun noch Wachstumsbeschwerden hinzu. Reglos in sein kunstvolles Schilderhaus aus Kopfkissen gebettet, klagte er über Krämpfe. Elisabeth hörte nicht hin, legte den Zeigefinger auf die Lippen und entfernte sich mit dem Gang eines jungen Mannes, der nachts nach Hause kommt und sich, die Schuhe in der Hand, auf Socken durch den Vorsaal schleicht. Paul zuckte die Achseln und wandte sich wieder dem Spiel zu.

Im April stand er auf. Er konnte sich nicht mehr aufrecht halten. Seine neuen Beine wollten ihn kaum tragen. Elisabeth, die sehr verstimmt war, weil er sie um gut einen halben Kopf überragte, rächte sich, indem sie sich wie eine Heilige aufführte. Sie stützte ihn, setzte ihn nieder, wickelte ihm wollene Tücher um den Hals, behandelte ihn wie einen gichtigen Greis.

Paul verstand es, diese Finte instinktiv zu parieren. Das ungewohnte Betragen seiner Schwester hatte ihn anfangs aus der Fassung gebracht. Nun wollte er sie schlagen; doch die Regeln des Duells, das sie seit seiner Geburt miteinander führten, lehrten ihn das angemessene Betragen. Im übrigen schmeichelte diese passive Haltung seiner Trägheit. Elisabeth kochte innerlich. Abermals traten sie zum Kampf an, zu einem Wettstreit, wer den anderen an Erhabenheit überträfe, und das Gleichgewicht war wiederhergestellt.

Gérard konnte nicht ohne Elisabeth sein, die in seinem Herzen unmerklich Pauls Stelle einnahm. Was er an Paul bewunderte, war ja in Wahrheit von jeher vor allem das Haus der Rue Montmartre, waren sie beide, Paul und Elisabeth, gewesen. Die Macht der Umstände ließ die Beleuchtung von Paul auf Elisabeth wandern, auf eine Elisabeth, die aus dem Alter, wo die Buben die Mädchen verachten, in das Alter hinüberglitt, wo die jungen Mädchen die Buben beunruhigen.

Da der Arzt alle Krankenbesuche untersagt hatte, wollte er sich nun schadlos halten, und es gelang ihm, seinen Onkel davon zu überzeugen, wie notwendig es sei, Lisa und den Kranken an die See zu bringen. Der Onkel war ein reicher Junggeselle und saß im Aufsichtsrat vieler Unternehmen. Gérard war der Sohn seiner verwitweten Schwester, die bei dieser Geburt gestorben war; der gute Mann hatte ihn adoptiert, zog ihn auf und würde ihm einst sein Vermögen vermachen. Er willigte in die Reise ein; er würde einmal etwas ausspannen.

Gérard war auf die schlimmsten Beleidigungen gefaßt. Er war daher sehr überrascht, als er bei seiner Ankunft auf eine Heilige stieß und auf einen langen Lulatsch, die ihn ihrer Erkenntlichkeit versicherten. Er fragte sich, ob die beiden nicht einen neuen Streich im Sinne hätten und gleich zum Angriff übergehen würden, als ein kurzes Aufblitzen zwischen den Wimpern der Heiligen und ein Zukken der Nasenflügel bei dem Lulatsch ihn erkennen ließen, daß dies alles zu dem Spiel gehörte. Bei diesem System war es augenscheinlich nicht auf ihn abgesehen. Er war mitten in ein neues Kapitel geraten. Ein neuer Abschnitt hatte begonnen. Nun galt es, sich anzupassen, und er beglückwünschte sich zu dieser liebenswürdigen Haltung, die einen Ferienaufenthalt verhieß, welcher dem Onkel nur geringen Anlaß zu Klagen bieten würde.

In der Tat war der Onkel, der zwei Teufel erwartet hatte, voller Verwunderung über die beiden artigen Geschöpfe. Elisabeth ließ ihre Reize spielen:

»Wissen Sie«, zierte sie sich, »mein junger Bruder ist ein wenig schüchtern...«

»So ein Aas!« murmelte Paul zwischen den Zähnen. Aber bis auf dieses »Aas«, das Gérards aufmerksamen Ohren nicht entgangen war, tat der junge Bruder den Mund nicht auf.

In der Eisenbahn mußten sie sich gehörig zusammennehmen, um ihre Aufregung im Zaum zu halten. Dank der natürlichen Eleganz ihres Betragens und ihrer Seele gelang es diesen beiden Kindern, die nichts von der Welt kannten und für die diese Waggons den höchsten Luxus darstellten, sich so zu beherrschen, daß sie den Anschein erweckten, als wären sie das seit je gewohnt.

Wohl oder übel erinnerten die Klappbetten des Schlafwagens sie an das Zimmer. Sogleich wußten sie, daß sie beide dasselbe dachten: »Im Hotel werden wir zwei Zimmer und zwei Betten haben.«

Paul lag regungslos ausgestreckt. Zwischen den Wimpern hindurch betrachtete Elisabeth alle Einzelheiten seines bläulichen Profils unter der abgedunkelten Lampe. Von Blick zu Blick war es dieser scharfen Beobachterin nicht entgangen, daß Paul, der immer schon zu einer gewissen Schlappheit neigte, seit der ärztlich verordneten Abgeschlossenheit dieser Schlappheit nicht den geringsten Widerstand leistete. Sein etwas fliehendes Kinn, wohingegen das ihre eckig vorsprang, reizte sie. Oft schon hatte sie ihm gesagt: »Paul, dein Kinn!«, wie die Mütter ihr »Halt dich gerade!« oder ihr »Tu die Hände auf den Tisch« wiederholen. Er gab ihr eine unflätige Antwort; was ihn nicht hinderte, sein Profil vor dem Spiegel zu dressieren.

Im Vorjahr war sie darauf verfallen, mit einer Wäscheklammer auf der Nase zu schlafen, um ein griechisches Profil zu erzielen. Der arme Paul mußte sich ein Gummiband anlegen lassen, das ihm einen roten Streifen in den Hals schnitt. Endlich beschloß er, sich nur noch von vorne oder im Halbprofil zu zeigen.

Keiner von beiden war im geringsten gefallsüchtig. Diese privaten Versuche gingen niemanden etwas an.

Der Herrschaft eines Dargelos entzogen, seit Elisabeths Stummheit sich selbst überlassen, des belebenden Knisterns der Zwietracht beraubt, ließ Paul sich gehen. Seine schwache Natur gab nach. Elisabeth hatte recht vermutet. Nicht das leiseste Zeichen entging ihrer heimlich lauernden Wachsamkeit. Sie haßte eine gewisse Schleckerhaftigkeit, die die kleinen Freuden auskostet, ein behagliches Schnurren und Lecken. Diese Natur ganz aus Feuer und Eis konnte nichts Laues gelten lassen. Wie es in dem Schreiben an den Engel von Laodicea heißt: *Sie spie es aus ihrem Munde.* Selber von edler Rasse, wollte sie, auch Paul sollte Rasse beweisen, und statt dem Rattern der Maschinen zu lauschen, lag dieses junge Mädchen, das zum erstenmal in einem Expreß fuhr, mit offenen Augen und verzehrte das Gesicht ihres Bruders – unter jenen Schreien einer Irren, dem Haar einer Irren, jenem erregenden Haar von Schreien, das von Zeit zu Zeit über dem Schlaf der Reisenden flattert.

Als sie ankamen, wartete der Geschwister eine arge Enttäuschung. In wilden Scharen ergossen die Reisenden sich in die Hotels. Außer einem Zimmer für den Onkel war nur noch ein einziges, am anderen Ende des Flures, frei. Man schlug vor, Paul und Gérard darin unterzubringen und für Elisabeth in dem anstoßenden Badezimmer ein Bett aufzuschlagen. Das hieß die Dinge dahin entscheiden, daß Elisabeth und Paul in dem Zimmer schlafen würden und Gérard im Bad.

Gleich am ersten Abend wurde die Lage unhaltbar; Elisabeth wollte baden, Paul ebenfalls. Ihre kalte Wut, ihre Schliche und Tücken, die zugeknallten Türen, die unversehens wieder aufgerissen wurden – dies alles lief zuletzt darauf hinaus, daß sie gemeinsam in die Wanne stiegen.

Dieses kochende Bad, in dem Paul wie eine Alge herumschwamm und vor Vergnügen kreischte, brachte Elisabeth zur Verzweiflung, leitete eine Ära der gegenseitigen Fußtritte ein.

Die Fußtritte wurden am anderen Morgen bei Tisch fortgesetzt. Über dem Tisch sah der Onkel nichts als lächelnde Gesichter. Unten aber tobte ein heimlicher Kampf.

Dieser Krieg der Füße und Ellbogen war nicht der einzige Grund einer allmählichen Verwandlung. Der Zauber der beiden Geschwister begann zu wirken. Der Tisch des Onkels wurde zum Mittelpunkt einer Neugier, die von allen Seiten herüberlächelte. Elisabeth haßte jeden Umgang, sie verachtete *die Anderen,* oder aber sie verstieg sich für jemanden von ferne in eine närrische Leidenschaft. Bisher hatten diese Schrullen nur den jugendlichen Liebhabern und den Vamps aus Hollywood gegolten, deren große Köpfe gleich den bemalten Gesichtern von Statuen die Wände des Zimmers bedeckten. Das Hotel bot ihr nicht die geringste Gelegenheit. Die Familien waren trübe, häßlich, gefräßig. Schmächtige kleine Mädchen, die durch einen Klaps zur Ordnung gerufen wurden, verrenkten sich die Hälse nach dem wundervollen Tisch hinüber. Dank der Entfernung konnten sie dort, wie auf einer Bühne, den Krieg der Beine und die ruhigen Mienen der Gesichter verfolgen.

Die Schönheit war für Elisabeth nur ein Vorwand, um Fratzen zu schneiden, die Nase zu rümpfen, sich mit Pomaden einzuschmieren oder in unmöglichen Kostümen herumzulaufen, die sie in der Einsamkeit aus ein paar Fetzen zusammenheftete. Dieser Erfolg, statt sie eitel zu machen, wurde nun ein Spiel, das sich zu *dem* Spiel verhielt wie der Angelsport zur Arbeit in den Städten. Man hatte Ferien von dem Zimmer, von »dem Zuchthaus«, wie sie sagten; indem sie ihre Zärtlichkeit vergaßen, ihre eigene Poesie nicht wahrnahmen und sie sehr viel weniger schonten als Marietta etwa, glaubten sie, durch das Spiel einer Zelle zu entrinnen, wo sie, an die gleiche Kette geschmiedet, zusammen leben mußten.

Dieses Ferienspiel begann im Speisesaal. Zu Gérards Entsetzen trieben sie es unter den Augen des Onkels, dem nie etwas anderes begegnete als ihre Unschuldsmienen.

Es handelte sich darum, die schmächtigen kleinen Mädchen durch eine plötzliche Grimasse zu erschrecken, und hierzu mußte ein ungewöhnliches Zusammentreffen verschiedener Umstände abgepaßt werden. Wenn nach langem Lauern eines der Mädchen, das auf seinem Stuhl hing, während eines Augenblicks allgemeiner Unaufmerksamkeit einen Blick zu ihnen hinüberwagte, ließen Elisabeth und Paul ein Lächeln über ihre Züge spielen, das in eine gräßliche Fratze umschlug. Erschreckt wandte das kleine Mädchen den Kopf ab. Wiederholte Versuche brachten es so sehr aus der Fassung, daß es in Tränen ausbrach. Es beklagte sich bei seiner Mutter. Die Mutter blickte herüber. Sogleich lächelte Elisabeth, man lächelte zurück, das Opfer erhielt ein paar Püffe und eine Ohrfeige, dann rührte es sich nicht mehr. Ein Stoß mit dem Ellbogen zeigte das Gelingen an, aber dieser Stoß war schuld, daß sie sich kaum das Lachen verbeißen konnten. Erst auf dem Zimmer schüttelten sie sich aus, und auch Gérard starb fast vor Lachen.

Eines Abends geschah es, daß ein ganz kleines Mädchen, das nach zwölf Grimassen immer noch nicht zur Strecke gebracht war und sich begnügte, die Nase in seinen Teller zu stecken, als sie aufstanden, die Zunge hinter ihnen herausstreckte, ohne daß jemand es gesehen hätte.

Dieser Gegenstoß erregte ihr helles Entzücken und entspannte endgültig die Atmosphäre. Sie konnten also ein anderes Garn stellen. Wie die Jäger und Golfspieler platzten sie förmlich vor Verlangen, ihre Bravourstückchen immer wieder zu erzählen. Das kleine Mädchen wurde bewundert, das Spiel erneut durchgesprochen, vertracktere Regeln aufgestellt. Und abermals flogen die Schimpfworte zwischen ihnen nur so hin und her.

Gérard bat sie flehentlich, doch einen Dämpfer aufzusetzen, die Wasserhähne zuzudrehen, die unaufhörlich liefen, jene Versuche einzustellen, den Kopf des andern unter Wasser zu halten, sich nicht zu schlagen noch zu verfolgen, während sie mit Stühlen über ihren Köpfen fuchtelten und gellend um Hilfe schrien. Anfälle des Hasses und des unwiderstehlichen Gelächters gingen wild durcheinander, und man mochte das jähe Umschlagen ihrer Launen noch so gewöhnt sein, es war dennoch unmöglich, den Augenblick vorauszusehen, wo diese beiden zuckenden Stummel sich wieder vereinigten, um nur noch einen einzigen Körper zu bilden. Gérard erhoffte und fürchtete dieses Phänomen. Er erhoffte es, der Nachbarn und des Onkels wegen; und er fürchtete es, weil es Elisabeth und Paul zu Verbündeten gegen ihn machte.

Bald erweiterte sich das Spiel. Die Hotelhalle, die Straße, der Strand, die Laufplanken boten ein größeres Betätigungsfeld. Elisabeth zwang Gérard mitzutun. Die Teufelsbande trennte sich, rannte auseinander, kroch, hockte nieder, lächelte, schnitt Gesichter und verbreitete allenthalben wildes Entsetzen. Da sah man Kinder von ihren Eltern abgeschleppt werden, mit verrenkten Hälsen, schiefen Mäulern, stieren Augen. Es setzte Ohrfeigen und Prügel, man verhängte Ausgangsverbot, schloß zu Hause ein. Nichts hätte dieser Plage Einhalt geboten, wenn die Geschwister nicht auf eine neue Belustigung verfallen wären.

Diese Belustigung war das Stehlen. Gérard schloß sich ihnen an und wagte nicht mehr, seine Bedenken zu äußern. Diese Diebstähle hatten kein anderes Motiv als das Stehlen. Es war dabei weder auf eine Bereicherung abgesehen, noch geschah es aus Lust an der verbotenen Frucht. Es genügte, daß man umkam vor Angst. Wenn die Kinder einen Laden verließen, den sie mit dem Onkel zusammen betreten hatten, waren ihre Taschen voll wertloser Gegenstände, für die sie keinerlei Verwendung hatten. Es war verboten, etwas Praktisches zu nehmen. Einmal wollten Elisabeth und Paul Gérard zwingen, ein Buch zurückzutragen, weil es in französisch geschrieben war. Gérard wurde unter der Bedingung begnadigt, daß er das nächste Mal »etwas sehr Schwieriges« stahl, wie Elisabeth entschied: »zum Beispiel eine Gießkanne«.

Den Tod in der Seele, tat der Unglückliche, dem sie ein weites Regencape umgehängt hatten, was man von ihm verlangte. Seine Haltung war so ungeschickt und der Auswuchs, den die Gießkanne bildete, so komisch, daß der Eisenhändler, dessen Argwohn durch die Unwahrscheinlichkeit dieses Aufzuges zerstreut wurde, ihnen noch lange mit den Blicken folgte. – »Vorwärts! vorwärts! du Rindvieh!« zischte Elisabeth, »wir werden beobachtet.« Sobald sie in den gefährlichen Straßen an eine Ecke kamen, atmeten sie auf und nahmen die Beine unter die Arme.

Nachts träumte Gérard, eine Krabbe zwicke ihn in die Schulter. Das war der Eisenhändler. Er rief die Polizei. Gérard wurde verhaftet. Sein Onkel enterbte ihn, usw....

Das Diebesgut – Gardinenringe, Schraubenzieher, Knipsschalter, Klebezettel, Turnschuhe Größe 40 – häufte sich im Hotel, eine Art Reiseschatz, wie die falschen Perlen jener Frauen, die ausgehen und ihre echten Perlen zu Hause im Geldschrank lassen.

Das eigentliche Geheimnis, warum sie sich derart wie unerzogene Kinder aufführten, hemmungslos bis zum Verbrechen, unfähig, Gutes und Böses zu unterscheiden, war bei Elisabeth ein Instinkt, der sie veranlaßte, durch solche Räuberspiele dem Hang zum Gewöhnlichen entgegenzuwirken, den sie für Paul befürchtete. Gehetzt, erschreckt, feixend, rennend, schimpfend, fand Paul keine Gelegenheit mehr, vor Vergnügen zu kreischen. Es wird sich noch zeigen, wie weit sie ihre intuitive Methode der Umerziehung trieb.

Sie kehrten nach Hause zurück. Dank der Salzluft eines Meeres, dem sie nur einige zerstreute Blicke gegönnt hatten, brachten sie neue Kräfte mit, die ihre Möglichkeiten verzehnfachten. Marietta fand, sie seien nicht zum Wiedererkennen. Sie schenkten ihr eine Brosche, die nicht gestohlen war.

Erst von diesem Zeitpunkt an gewann das Zimmer die offene See. Immer riesiger blähten sich die Segel, immer gefährlicher staute sich die Fracht, immer höher gingen die Wogen.

In der seltsamen Welt der Kinder konnte man sich regungslos treiben lassen und zugleich eine ungeheure Geschwindigkeit entwickeln. Ähnlich wie beim Genuß von Opium wurde die Langsamkeit dort ebenso gefährlich wie ein Schnelligkeitsrekord.

Jedesmal, wenn sein Onkel auf Reisen war und irgendwelche Werke besichtigte, nächtigte Gérard in der Rue Montmartre. Man richtete ihm ein Lager aus Stößen von Kissen und deckte ihn mit alten Mänteln zu. Ihm gegenüber ragten die Betten auf, gleich einer Bühne. Die Beleuchtung dieser Bühne gab Veranlassung zu einem Vorspiel, das dem Drama unverzüglich seinen Ort anwies. Das Licht befand sich nämlich über Pauls Bett. Er hatte es mit Hilfe eines Stück roten Kattuns abgedämpft. Der Kattun erfüllte das Zimmer mit einem rötlichen Dunkel und hinderte Elisabeth, etwas zu erkennen. Sie wetterte, stand wieder auf, schob den Kattun beiseite. Paul schob ihn wieder zurück; nach einem Kampf, bei dem jeder an dem Lappen zerrte, endete das Vorspiel mit einem Siege Pauls, der seine Schwester niederzwang und die Lampe wieder bedeckte. Seit sie nämlich von der See zurück waren, beherrschte Paul seine Schwester. Lisas Befürchtungen, als er wieder aufgestanden war und sie feststellen mußte, wie sehr er gewachsen war, hatten sich als begründet erwiesen. Paul war nicht mehr gewillt, den Kranken zu spielen, und die moralische Kur des Hotels war übers Ziel hinausgegangen. Sie mochte noch so sehr höhnen: »Der Herr findet alles ganz *angenehm*. Ein Film ist ganz *angenehm*, eine Musik ist ganz *angenehm*, ein Sessel ist ganz *angenehm*, der Granatsaft und die Mandelmilch sind ganz *angenehm*. Weißt du was, Giraff, er kotzt mich an. Schau doch nur! Schau, wie er sich die Lippen leckt! Schau dir doch nur dieses Schafsgesicht an!« Nichtsdestoweniger fühlte sie, daß der Mann den Säugling verdrängte. Wie beim Pferderennen schlug Paul sie fast um eine Kopflänge. Das Zimmer gab Kunde davon. Oben war es Pauls Zimmer; ihn kostete es keine Mühe, mit der Hand oder dem Auge die Requisiten des Traumes zu erreichen. Unten war es Elisabeths Zimmer, und wenn sie etwas von ihren Sachen ergreifen wollte, tappte und fischte sie herum, als suche sie einen Nachttopf.

Es dauerte jedoch nicht lange, da hatte sie neue Martern entdeckt und die verlorene Überlegenheit zurückerobert. Sie, die früher mit Knabenwaffen gefochten hatte, griff nun auf die Hilfsmittel einer weiblichen Natur zurück, die noch ganz neu und unverbraucht war. Das war auch der Grund, warum sie Gérard so bereitwillig aufnahm; sie ahnte, daß ein Publikum von Nutzen sein und Pauls Qualen durch einen Zuschauer noch gesteigert würden.

Die Vorstellung auf dem Theater des Zimmers begann um elf Uhr abends. Außer an den Sonntagen gab es keine Nachmittagsvorstellungen.

Mit siebzehn Jahren sah Elisabeth wie siebzehn aus; Paul, der fünfzehn war, sah wie neunzehn aus. Er ging aus. Er bummelte. Er sah *ganz angenehme* Filme, hörte *ganz angenehme* Musik, stieg *ganz angenehmen* Mädchen nach. Je gewöhnlicher diese Mädchen waren, je zudringlicher sie ihn ansprachen, um so *angenehmer* fand er sie.

Wenn er heimkam, beschrieb er seine Begegnungen. Er tat dies mit dem hemmungslosen Freimut eines Wilden. Dieser Freimut und das Fehlen jeglichen Lasters, das sich darin offenbarte, wurde in seinem Mund das Gegenteil des Zynismus und der Gipfel der Unschuld. Seine Schwester fragte ihn aus, verspottete ihn, schüttelte sich vor Ekel. Plötzlich nahm sie Anstoß an einer Einzelheit, an einem völlig harmlosen Detail. Alsbald setzte sie eine sehr würdige Miene auf, angelte sich eine Zeitung, entfaltete sie und begann, dahinter verborgen, sich in deren eingehende Lektüre zu vertiefen.

Gewöhnlich trafen sich Paul und Gérard zwischen elf Uhr und Mitternacht auf der Terrasse einer Brasserie auf Montmartre; dann kehrten sie zusammen nach Hause zurück. Elisabeth lauerte auf den dumpfen Schlag des großen Tores, wanderte mit unruhigen Schritten im Vorraum hin und her und verging fast vor Ungeduld.

Das Zufallen des Tores mahnte sie, ihren Posten zu verlassen. Sie lief in das Zimmer, setzte sich nieder und ergriff das Polierkissen.

Sie fanden sie sitzend, ein Haarnetz auf dem Kopf, die Zunge ein wenig vorgeschoben, damit beschäftigt, sich die Nägel zu polieren.

Paul zog sich aus, Gérard schlüpfte in seinen Morgenrock; sobald man ihn installiert und es ihm behaglich gemacht hatte, stieß der Genius des Zimmers dreimal mit dem Stock auf, und der Vorhang hob sich.

Es muß noch einmal betont werden, daß keiner der beiden Protagonisten dieses Theaters und nicht einmal der, welcher den Zuschauer vorstellte, sich bewußt war, eine Rolle zu spielen. Eben dieser primitiven Unbewußtheit verdankte das Stück seine ewige Jugend. Ohne daß sie es ahnten, wiegte das Stück – oder auch: das Zimmer – sich am Ufer der Sage.

Der rote Kattun tauchte alles in ein purpurnes Halbdunkel. Paul kam und ging, völlig nackt, richtete sein Bett, strich die Leintücher glatt, baute sein Schilderhaus aus Kopfkissen, stellte seine Ingredienzen auf einem Stuhl zusammen. Elisabeth, auf den linken Ellbogen gestützt, mit schmalen Lippen, würdig-ernst wie eine Theodora, starrte unverwandt auf ihren Bruder. Mit der Rechten kratzte sie sich die Kopfhaut, bis sie sich blutige Schrammen beibrachte, dann rieb sie diese Schrammen mit einer Creme ein, die sie einem Pomadetopf auf ihrem Kopfpolster entnahm.

»Total verrückt!« erklärte Paul, und er fügte hinzu:

»Es gibt nichts, was mich so ankotzt, als wenn ich mit-

ansehen muß, wie diese Verrückte sich den Schädel einschmiert. Sie hat in der Zeitung gelesen, daß die amerikanischen Schauspielerinnen sich wundkratzen und dann Pomade draufschmieren. Sie glaubt, das sei gut für die Kopfhaut..."

»Gérard!«

»Ja, was denn?«

»Hörst du mich?«

»Freilich.«

»Gérard, tu mir den einzigen Gefallen und schlaf. Und hör nicht auf das, was der Kerl da von sich gibt.«

Paul biß sich die Lippen. Sein Auge sprühte Funken. Eine Stille trat ein. Endlich, unter Elisabeths erhabenem Blick, der feucht aus halbgeschlossenen Augen schimmerte, legte er sich nieder, kuschelte sich zurecht, hob und senkte den Nacken, zögerte nicht, wieder aufzustehen und die Tücher zurückzuschlagen, wenn das Innere des Bettes seinem Ideal an Bequemlichkeit nicht genau entsprach.

War dieses Ideal einmal erreicht, so wäre nichts imstande gewesen, ihn aus seiner Lage zu bringen. Er legte sich nicht nur nieder, er balsamierte sich ein; er umgab sich mit Leichenbändern, mit Speisen, mit geheiligtem Krimskrams; er rüstete sich zur Fahrt ins Reich der Schatten.

Elisabeth wartete, bis er so weit war; dann kam ihr Auftritt, und es erscheint unglaublich, daß sie vier Jahre hindurch allabendlich dasselbe Stück spielen konnten, ohne gleich anfangs alles aufzudecken. Denn, von einigen kleinen Änderungen abgesehen, begann jedesmal das gleiche Stück wieder von vorne. Vielleicht folgten diese ursprünglichen Seelen in ihrem Verhalten einer Lenkung, die ebenso geheimnisvoll war wie jene, die zur Nacht die Blütenkelche schließt.

Die Änderungen stammten von Elisabeth. Sie bereitete

Überraschungen vor. Einmal ließ sie die Pomade stehen, beugte sich bis auf den Boden und zog eine kristallene Salatschüssel unter dem Bett hervor. Diese Schüssel war voller Krebse. Sie preßte sie gegen ihre Brust, umschlang sie mit ihren schönen nackten Armen, ließ einen lüsternen Blick zwischen den Krebsen und ihrem Bruder hin- und hergehen.

»Gérard, einen Krebs? Doch, doch! Komm, komm, sie zergehen auf der Zunge.«

Sie kannte Pauls Vorliebe für Pfeffer, Zucker, Senf. Er aß sie auf Brotkrusten.

Gérard erhob sich. Er fürchtete sich, Elisabeth zu verärgern.

»Die dreckige Göre!« murmelte Paul. »Sie mag gar keine Krebse. Sie mag keinen Pfeffer. Sie muß sich zwingen...«

Die Szene mit den Krebsen sollte sich so lange hinziehen, bis Paul es nicht mehr aushielt und sie anflehte, ihr einen abzugeben. Da war er ihr dann auf Gnade und Ungnade ausgeliefert, und sie züchtigte jene Schleckerhaftigkeit, die sie verabscheute.

»Gérard, kennst du etwas Greulicheres als einen Kerl von sechzehn Jahren, der sich so weit erniedrigt, daß er um einen Krebs bittet? Er würde den Bettvorleger ablecken, weißt du, er würde auf allen vieren kriechen. Nein! bring ihm keinen! Er soll aufstehen, er soll selber herkommen! Das ist doch zu widerwärtig, so ein langes Laster, das sich nicht rühren will, das vor Freßlust platzt und die geringste Mühe scheut. Nur weil ich mich für ihn schäme, weigere ich mich, ihm einen Krebs zu geben...«

Folgten einige Orakelsprüche. Elisabeth gab sie nur an den Abenden von sich, an denen sie sich in Form fühlte, eine Beute des Gottes, auf einem Dreifuß.

Paul hielt sich die Ohren zu, oder aber er griff nach

einem Buch und las mit lauter Stimme. Saint-Simon, Baudelaire hatten die Ehre, auf seinem Stuhl zu liegen. Waren die Orakel vorbei, sagte er:

»Hör mal zu, Gérard«, und setzte seine Lektüre mit lauter Stimme fort:

> »*Ich liebe ihre geschmacklose Wahl,*
> *Den grellen Rock und den schleifenden Schal,*
> *Die winzige Stirn und das irre Geplapper* ...«

Er deklamierte diese herrlichen Verse, ohne gewahr zu werden, wie sehr sie dem Zimmer und Elisabeths Schönheit entsprachen.

Elisabeth hatte eine Zeitung ergriffen. Mit einer Stimme, die Pauls Tonfall nachahmen sollte, las sie die vermischten Neuigkeiten. Paul schrie: »Hör auf, hör auf!« Seine Schwester las mit gellender Stimme weiter.

Hierauf, die Gelegenheit nutzend, daß die Tobsüchtige hinter ihrer Zeitung ihn nicht sehen konnte, streckte er einen Arm heraus und, ehe Gérard es verhindern konnte, schwappte er mit aller Kraft ein Glas Milch über sie aus.

»So ein elender Hund! So ein Scheusal!«

Elisabeth erstickte vor Wut. Die Zeitung klebte ihr auf der Haut wie ein feuchter Lumpen, und die Milch tropfte überall herunter. Da sie aber wußte, Paul lauere nur auf einen Tränenausbruch, so beherrschte sie sich.

»Komm, Gérard«, sagte sie, »hilf mir, nimm das Handtuch, trockne die Milch auf, trag die Zeitung in die Küche. Das mir!« murmelte sie, »die im Begriff war, ihn mit Krebsen zu füttern... Möchtest du noch einen? Gib acht, die Milch tropft. Hast du das Handtuch? Danke.«

Die Wiederaufnahme des Themas der Krebse erreichte Paul, als ihn schon der Schlaf überkam. Er wollte keine Krebse mehr. Er lichtete schon den Anker. Seine Gelüste legten sich, machten ihn schwerelos, überantworteten ihn mit gebundenen Händen und Füßen dem Fluß der Toten.

Dies war der große Augenblick, den herbeizuführen Elisabeth alle ihre Künste spielen ließ, um ihn dann zu unterbrechen. Wenn ihre Weigerungen ihn eingeschläfert hatten und es zu spät war, erhob sie sich, kam näher, setzte sich auf den Rand seines Bettes und hielt die Salatschüssel vor sich auf den Knien.

»Komm, komm, du Widerling, ich bin ja kein Unmensch. Du sollst auch deinen Krebs bekommen.«

Der Unglückliche tauchte aus den Wassern des Schlafes empor und hob ihr ein schweres Haupt entgegen, mit geschwollenen Augen und einem Munde, der schon nicht mehr die Luft der Menschen atmete.

»Komm, komm, iß. Magst du oder magst du nicht? Iß oder ich geh' wieder!«

Gleich einem Enthaupteten, der zum letzten Mal versucht, mit der Welt in Berührung zu kommen, tat Paul mühselig die Lippen voneinander.

»Das muß man gesehen haben, um es für möglich zu halten. He! Paul! He! He! dein Krebs!«

Sie zerbrach die Schale, stopfte ihm das Fleisch zwischen die Zähne.

»Er kaut im Schlaf! Schau nur, Gérard! Schau nur, das ist unbeschreiblich. So eine Gefräßigkeit! Da gehört schon eine gehörige Portion Würdelosigkeit dazu!«

Und mit der interessierten Miene eines Spezialisten fuhr sie in ihrem Tun fort. Sie blähte die Nüstern, schob die Zungenspitze ein wenig hervor. Ernsthaft, geduldig, bucklig, glich sie einer Närrin, die dabei ist, ein totes Kind zu mästen.

Die Nächte des Zimmers währten bis vier Uhr früh, so daß man gewöhnlich erst spät erwachte. Um elf Uhr brachte Marietta den Milchkaffee. Man ließ ihn kalt werden. Man schlief wieder ein. Beim zweiten Erwachen war der kalte Milchkaffee reizlos geworden. Beim dritten Erwachen erhob man sich überhaupt nicht mehr. Mochte sich der Kaffee in den Tassen mit einer Haut überziehen; das beste war, Marietta in das Café Charles zu schicken, das vor kurzem unten im Hause eröffnet worden war. Sie kam mit belegten Brötchen zurück und Apéritifs.

Der Bretonin wäre es sicher lieber gewesen, man hätte sie eine bürgerliche Küche führen lassen, aber sie verdrängte ihre Methoden und fügte sich gutwillig den Launen der Kinder.

Manchmal aber griff sie ein, stieß sie an den Tisch und zwang sie, sich auftragen zu lassen.

Elisabeth warf einen Mantel über ihr Nachthemd und saß dann dort, in Gedanken verloren, die Ellbogen auf dem Tisch, eine Wange in die Hand geschmiegt. Alle ihre Haltungen glichen den Posen jener allegorischen weiblichen Gestalten, die entweder die Wissenschaft, die Landwirtschaft oder die Monate darstellen. Paul, nur notdürftig bekleidet, schaukelte auf seinem Stuhl hin und her. Beide aßen schweigend, wie die Artisten eines kleinen fahrenden Zirkus zwischen zwei Vorführungen. Der Tag war ihnen beschwerlich. Er schien ihnen leer. Eine Strömung zog sie gegen die Nacht hin, dem Zimmer zu, wo sie wieder auflebten.

Marietta verstand zu putzen, ohne die Unordnung zu stören. Von vier bis fünf nähte sie im Eckzimmer, das in eine Wäschekammer verwandelt worden war. Abends bereitete sie ein Nachtmahl und ging nach Hause. Um die gleiche Zeit streifte Paul auf den leeren Straßen umher, auf der Suche nach jenen Mädchen, die den Versen Baudelaires glichen.

Allein in der Wohnung, nahm Elisabeth an den Kanten der Möbel ihre stolzen Posen ein. Sie ging nur aus, um die Überraschungen einzukaufen, und kam schnell wieder zurück, um sie zu verstecken. Sie strich durch die leeren Räume, gepeinigt von Unbehagen über das Zimmer, in dem eine Frau gestorben war, die nichts zu tun hatte mit der Mutter, die in ihr lebte.

Mit Einbruch der Dämmerung wuchs das Unbehagen. Dann betrat sie dieses Zimmer, das sich mit Finsternis füllte. Regungslos stand sie in der Mitte. Das Zimmer sank unter, fuhr zur Tiefe, und die Verwaiste ließ sich verschlingen, mit starren Augen, hängenden Händen, aufrecht, wie ein Kapitän auf seinem Schiff.

Es gibt Haushalte und Existenzen, über die ein vernünftiger Mensch nur den Kopf schütteln würde. Es wäre ihm unbegreiflich, wie eine Unordnung, die dem Anschein nach keine vierzehn Tage so fortdauern könnte, dennoch Jahre hindurch Bestand haben sollte. Diese problematischen Haushalte, diese fragwürdigen Existenzen behaupten sich jedoch sehr zahlreich, wider das Gesetz, aller Erwartung zum Trotz. In einem Punkte jedoch behielte die Vernunft recht: darin nämlich, daß die Macht der Umstände, wenn sie eine Macht ist, sie in den Untergang treibt.

Die Ausnahmewesen und ihre asozialen Taten sind der Reiz einer Durchschnittswelt, die sie ausstößt. Mit Beklemmung gewahrt man die Windstärke des Zyklons, in dem diese tragischen und leichten Seelen atmen. Das beginnt mit Kindereien; zuerst scheint alles nur ein Spiel.

Drei Jahre gingen so in der Rue Montmartre vorüber, in einem einförmigen Rhythmus von unverminderter Heftigkeit. Elisabeth und Paul, die für die Kindheit geschaffen waren, fuhren fort zu leben, als lägen sie in einer Zwillingswiege. Gérard liebte Elisabeth. Elisabeth und Paul vergötterten und zerfleischten einander. Alle vierzehn Tage, nach einer nächtlichen Szene, packte Elisabeth einen Koffer und verkündete, daß sie von nun an im Hotel wohnen werde.

Immer die gleichen ungestümen Nächte, die gleichen teigigen Vormittage, die gleichen langen Nachmittage, an denen die Kinder zu Treibgut wurden, zu Maulwürfen im Sonnenlicht. Manchmal gingen Elisabeth und Gérard zusammen in die Stadt. Paul ging seinen Vergnügungen nach. Doch was sie sahen und hörten, wurde nicht ihr Eigentum. Knechte eines unerbittlichen Gesetzes, brachten sie es in das Zimmer heim, wo man Honig daraus bereitete.

Es kam diesen mittellosen Waisen nicht in den Sinn, daß das Leben ein Kampf war, daß sie sich als Schleichware durchbrachten, daß das Schicksal sie duldete, die Augen zudrückte. Sie fanden es ganz natürlich, daß der Arzt und Gérards Onkel für ihren Unterhalt aufkamen.

Der Reichtum ist eine Fähigkeit, die Armut ebenso. Ein Armer, der reich wird, stellt eine protzige Armut zur Schau. Sie aber waren so reich, daß kein Reichtum ihr Leben verändern konnte. Wenn ihnen über Nacht ein Vermögen in den Schoß fiele, sie würden es beim Erwachen nicht bemerken.

Sie widerlegten das Vorurteil gegen die Leichtlebigkeit, die leichten Sitten, und ohne es zu wissen, ließen sie jene »wunderbaren Kräfte des geschmeidigen und leichten Lebens« spielen, welche, wie es bei einem Philosophen heißt, »durch die Arbeit nur verdorben werden«.

Zukunftspläne, Studium, Stellungen, Bewerbungen kümmerten sie ebenso wenig, wie einen Luxushund die Versuchung anwandelt, Schafe zu hüten. In den Zeitungen lasen sie die Kriminalberichte. Sie gehörten zu jenen Wesen, die in keine Form passen, die eine Kaserne wie New York ausmustert und es lieber sieht, wenn sie in Paris leben.

Es waren daher auch keine praktischen Erwägungen, die jene neue Haltung veranlaßten, welche Gérard und Paul plötzlich bei Elisabeth feststellten.

Sie wollte eine Arbeit annehmen. Sie hatte es satt, das Kindermädchen zu spielen. Paul mochte tun, was ihm gut dünkte. Sie war jetzt neunzehn, sie verkam, sie hielt es nicht einen Tag länger aus.

»Du wirst mich begreifen, Gérard«, wiederholte sie, »Paul ist frei, und außerdem völlig unfähig, eine komplette Null, ein Versager, ein Esel, ein Kretin. Ich muß sehen, wie ich allein fertig werde. Und was würde denn aus ihm, wenn ich nicht arbeitete! Ich werde arbeiten, ich werde eine Stellung finden. Es muß sein!«

Gérard begriff. Er hatte schon begriffen, was los war. Ein neues unbekanntes Motiv schmückte das Zimmer. Schon einbalsamiert und im Begriff zu *verreisen,* vernahm Paul diese neuen Schmähungen, die in ernsthaftem Tone vorgebracht wurden.

»Der arme Kerl«, fuhr sie fort, »man muß ihm helfen. Er ist noch sehr krank, weißt du. Der Arzt... (nein, nein, Giraff, er schläft) der Arzt hat mich sehr in Sorge versetzt. Bedenke, daß ein Schneeball genügte, ihn umzuwerfen, so daß er die Schule aufgeben mußte. Es ist nicht seine Schuld, ich mache ihm gewiß nicht den leisesten Vorwurf, aber er ist ein kranker Mensch, der mir zur Last fällt.«

»So ein Biest! Ah, so ein Biest!« dachte Paul, der sich schlafend stellte und dessen Erregung sich nur durch ein Zucken kundtat.

Elisabeth ließ ihn nicht aus den Augen, sie verstummte und, als erfahrener Folterknecht, fing sie wieder an, um Rat zu bitten, ihn zu bemitleiden.

Gérard hielt ihr Pauls gutes Aussehen entgegen, seinen kräftigen Wuchs. Sie verwies auf seine Schwäche, seine Schleckerhaftigkeit, sein schlappes Betragen.

Als er, unfähig, sich noch länger zu beherrschen, sich herumwälzte und tat, als erwache er, fragte sie mit zärtlicher Stimme, ob er etwas wünsche, und wechselte das Gesprächsthema.

Paul war siebzehn Jahre alt. Seit seinem sechzehnten sah er wie zwanzig aus. Die Krebse, der Zucker genügten nicht mehr. Seine Schwester zog nun andere Saiten auf.

Die Ausflucht des Schlafes versetzte Paul in eine so ungünstige Lage, daß er den Wortstreit vorzog. Er brach los. Alsbald verwandelten Elisabeths Beschwerden sich in wüste Schmähungen. Seine Faulheit sei verbrecherisch, sie stinke gen Himmel. Er bringe seine Schwester an den Rand des Selbstmords. Er lasse sich von ihr aushalten.

Elisabeth hinwiederum hieß er eine Prahlliese, eine komische Figur, eine dumme Ziege, unfähig, sich nützlich zu machen, unfähig, auch nur die allergeringste Arbeit zu leisten.

Dieser Gegenstoß zwang Elisabeth, von Worten zu Taten überzugehen. Sie bat Gérard, sie einem großen Modehaus zu empfehlen, dessen Leiterin er kannte. Sie würde Verkäuferin werden. Sie würde arbeiten!

Gérard begleitete sie zu der Schneiderin, die von einer solchen Schönheit ganz überrascht war. Unglücklicherweise verlange der Beruf einer Verkäuferin auch Sprachkenntnisse. Sie könne sie nur als Mannequin einstellen. Sie habe da schon eine Waise, Agathe; der würde sie das junge Mädchen anvertrauen, und es bestehe kein Anlaß, von der Umgebung für sie zu fürchten.

Verkäuferin? Mannequin? Elisabeth war es gleich. Im Gegenteil: der Vorschlag, Mannequin zu werden, war ja auch ein Angebot, auf den Brettern zu debütieren. Man wurde handelseinig.

Dieser Erfolg hatte noch ein seltsames Nachspiel.

»Paul wird sich giften«, sah sie voraus.

Von Verstellung konnte nicht die Rede sein: als habe man ihm ein Schockmittel versetzt, geriet Paul in einen heftigen Wutanfall; er tobte; er schrie, er lege keinen Wert darauf, der Bruder einer Nutte zu sein, sie möge doch lieber gleich auf den Strich gehen.

»Um dir dort zu begegnen«, gab Elisabeth zurück; »da kann ich drauf verzichten.«

»Übrigens«, höhnte Paul, »du hast dich wohl noch nie im Spiegel betrachtet, du armes Luder. Du machst dich ja lächerlich. Nach einer Stunde werden sie dich mit einem Tritt in den Hintern davonjagen. Mannequin? Da bist du an die falsche Adresse geraten. Du hättest dich als Vogelscheuche verdingen sollen.«

Die Kabine der Mannequins stellt eine harte Prüfung dar. Man findet dort die Angst des ersten Schultags wieder, die bösen Streiche der Mitschüler. Als Elisabeth aus einem

nicht enden wollenden Dämmer hervortrat, stieg sie unter dem Licht der Scheinwerfer auf den Pranger hinauf. Sie hielt sich für häßlich und war auf das Ärgste gefaßt. Ihre tierhaft junge Herrlichkeit verletzte diese matten, bemalten Wesen, doch der Spott blieb ihnen in der Kehle stecken. Man beneidete sie, wandte sich von ihr ab. Diese Quarantäne wurde ihr zur Qual. Elisabeth versuchte, es ihren Genossinnen gleichzutun; sie sah es ihnen ab, wie man auf die Kundin losgeht, als wolle man ihr eine öffentliche Erklärung abfordern, um dann, vor ihr angelangt, mit verächtlicher Miene den Rücken zu zeigen. Ihre Art blieb unverstanden. Man ließ sie bescheidene Kleider vorführen, die sie demütigten. Sie vertrat Agathe.

Zwischen den beiden Waisen bildete sich eine enge und sanfte Freundschaft, wie sie Elisabeth bisher nicht gekannt hatte. Ihre Hemmungen waren die gleichen. Zwischen den Vorführungen wälzten sie sich in weißen Kittelschürzen auf den Pelzen, tauschten Bücher, Vertraulichkeiten aus, bis ihnen ganz warm ums Herz wurde.

Und wahrhaftig, ebenso wie in der Fabrik ein Stück, das ein Arbeiter im Erdgeschoß hergestellt hat, in ein anderes paßt, das aus dem obersten Stock stammt, so fügte Agathe sich leicht und reibungslos in das Zimmer ein.

Elisabeth hoffte, ihr Bruder würde etwas Widerstand leisten. »Sie hat so einen komischen altmodischen Namen«, hatte sie ihn gewarnt. Paul erklärte, sie trage einen erlauchten Namen, einen Reim auf *»frégate«* in einem der schönsten Gedichte, die es gibt.

Der Mechanismus, der Gérard von Paul zu Elisabeth geführt hatte, führte Agathe von Elisabeth zu Paul. Als zu einem nicht so gänzlich unerreichbaren Exemplar. Paul empfand eine gewisse Erregung, wenn Agathe anwesend war. Da die Analyse nicht seine Stärke war, zählte er die Waise zu den *angenehmen* Dingen.

Doch ohne es zu merken, hatte er die wirre Traumlast, die er über Dargelos angehäuft hatte, auf Agathe übertragen.

Das wurde ihm eines Abends wie in einem Blitzstrahl deutlich, als die beiden Mädchen das Zimmer besuchten.

Wie Elisabeth den Schatz erklärte, bemächtigte Agathe sich der Aufnahme von Dargelos als Athalia und rief:

»Wo habt ihr denn mein Foto her?« mit einer so seltsamen Stimme, daß Paul, auf die Ellbogen gestützt, wie die jungen Christen von Antinoe, den Kopf aus seinem Sarkophag hob.

»Das ist kein Foto von dir«, sagte Elisabeth.

»Richtig, das Kostüm ist anders. Aber es ist unglaublich. Ich werde es mitbringen. Es ist genau dasselbe Bild. Das bin ich, das bin ich. Wer ist das?«

»Ein Junge, meine Beste. Weißt du, der vom Condorcet, der Paul mit dem Schneeball getroffen hat... Er gleicht dir, stimmt. Paul, findest du auch, daß Agathe ihm gleicht?«

Kaum beschworen, wurde die unsichtbare Ähnlichkeit offenbar, die nur auf einen Vorwand gewartet hatte, um sich zu offenbaren. Gérard erkannte das verhängnisvolle Profil. Agathe hatte sich ihm zugekehrt, und während sie das helle Papier schwenkte, sah Paul in der purpurnen Dämmerung Dargelos den Schneeball schwingen, und wieder traf ihn der gleiche Faustschlag.

Er ließ seinen Kopf zurücksinken:

»Nein, Mädchen«, sagte er mit erloschener Stimme, »das Foto gleicht ihm; du, du gleichst ihm nicht.«

Diese Lüge beunruhigte Gérard. Die Ähnlichkeit sprang in die Augen.

In Wahrheit rührte Paul niemals an gewisse Lavaschichten seiner Seele. Diese tiefen Schichten waren zu kostbar, und er fürchtete seine eigene Ungeschicklichkeit. Hier hörte das *Angenehme* auf, am Rande dieses Kraters, dessen Dünste betäubend heraufquollen.

Seit diesem Abend entstand zwischen Paul und Agathe ein Gewebe innig verschlungener Fäden. Die Zeit rächte sich und kehrte die Rollen um. Der stolze Dargelos, der die Herzen mit einer unlöslichen Liebe verwundete, verwandelte sich in ein schüchternes junges Mädchen, das unter Pauls Herrschaft stand.

Elisabeth hatte das Foto in die Schublade zurückgeworfen. Anderntags fand sie es auf dem Kamin. Sie runzelte die Brauen. Sie sagte kein Wort. Nur in ihrem Kopf arbeitete es. In einer plötzlichen Erleuchtung erkannte sie, daß alle Apachen, alle Detektive, alle amerikanischen Filmstars, die Paul an die Wände geheftet hatte, ihrer Freundin Agathe und Dargelos-Athalia glichen.

Diese Entdeckung rief eine Bestürzung in ihr hervor, über die sie sich selber nicht klar wurde und die ihr den Atem benahm. Das geht zu weit, sagte sie sich, er hat seine Verstecke. Er mogelt beim Spiel. Da er mogelte, würde sie ihm darin Gesellschaft leisten. Sie würde sich Agathe nähern, würde Paul vernachlässigen und sich nicht die geringste Neugier anmerken lassen.

Die Familienähnlichkeit zwischen den Bildern des Zimmers war unverkennbar. Paul wäre aufs höchste erstaunt gewesen, wenn man ihn darauf hingewiesen hätte. Der

Typus, den er verfolgte, war seinem Bewußtsein noch nicht deutlich geworden. Er glaubte, keinen zu haben. Indes wirkten der Einfluß, den dieser Typus ohne sein Wissen auf ihn ausübte, und jener andere Einfluß, den er, Paul, auf seine Schwester ausübte, ihrer Unordnung entgegen, gleichsam als zwei unerbittliche Gerade, die zueinander unterwegs sind, wie jene beiden feindlichen Linien, die, von der Basis her, an der Spitze der griechischen Giebel zusammentreffen.

Agathe, Gérard hausten nun auch in dem ungehörigen Zimmer, das mehr und mehr einem Zigeunerlager glich. Nur das Pferd fehlte noch, nicht aber die zerlumpten Kinder. Elisabeth schlug vor, Agathe in die Wohnung aufzunehmen. Marietta könne ihr das leere Zimmer einrichten, mit dem für sie, Agathe, ja keine traurigen Erinnerungen verknüpft seien. »Mamas Zimmer« war qualvoll, wenn man dabeigewesen war, wenn man sich erinnerte, wenn man dort stand und wartete, daß die Nacht herabsank. Erhellt, gereinigt, war es abends durchaus wohnlich.

Gérard half Agathe einige Koffer herüberzubringen. Sie kannte bereits die Sitten und Gebräuche, die durchwachten Nächte, die verschlafenen Vormittage, die Zwistigkeiten, die Wirbelstürme, die Windstillen, das Café Charles und die belegten Brötchen.

Gérard holte die beiden Mädchen ab, wenn die Mannequins das Geschäft verließen. Sie bummelten oder gingen in die Rue Montmartre. Marietta hinterließ ein kaltes Abendessen. Sie aßen überall, nur nicht am Tisch, und anderntags machte die Bretonin sich auf, um die Eierschalen zusammenzulesen.

Paul wollte die Rache auskosten, die das Schicksal ihm zuschanzte. Außerstande, Dargelos' Rolle zu spielen und dessen stolze Verachtung nachzuahmen, machte er von alten Waffen Gebrauch, die in dem Zimmer herumlagen, das heißt, er quälte Agathe auf die roheste Weise. Elisabeth schlug statt ihrer zurück. Hierauf benutzte Paul die arme Agathe, um durch sie seine Schwester zu verletzen. Vier verwaiste Kinder kamen dabei auf ihre Kosten: Elisabeth, die ein Mittel entdeckte, die Unterhaltung mit ihrem Bruder verwickelter zu gestalten; Gérard, der einmal Atem holen durfte; Agathe, auf die Pauls Unverschämtheit einen mächtigen Eindruck machte, und Paul selbst, denn die Unverschämtheit verleiht einem ein besonderes Prestige, und da er kein Dargelos war, hätte er dieses Prestige niemals ausgenutzt, wenn Agathe ihm nicht als Vorwand gedient hätte, um seine Schwester zu beschimpfen.

Agathe genoß es, das Opfer zu sein, denn sie fühlte, daß dieses Zimmer mit einer Elektrizität der Liebe geladen war, deren heftigste Schläge unschädlich blieben und deren Ozonduft belebend wirkte.

Sie war die Tochter von Kokainisten, die sie mißhandelten und schließlich Selbstmord durch Gas verübten. Der Verwalter einer großen Modefirma wohnte im gleichen Hause. Er ließ sie kommen, brachte sie zu seiner Chefin. Nach einer untergeordneten Arbeit durfte sie Kleider vorführen. Schläge, Beschimpfungen, schlimme Streiche waren ihr wohlbekannt. Was das Zimmer hierin bot, war ein erfrischender Wechsel für sie: es erinnerte an Wogen, die auf den Strand klatschen, an den Wind, der einen ohrfeigt, und an den schelmischen Blitz, der einem Schäfer die Kleider vom Leib reißt.

Trotz dieses Unterschieds hatte ein Haushalt von Rauschgiftsüchtigen sie bereits an manches gewöhnt: die halbverdunkelten Räume, die wüsten Drohungen, die Verfolgungsjagden, bei denen die Möbel zerbrechen, der kalte Braten, der nachts verzehrt wird, waren ihr bekannt, und nichts, woran ein junges Mädchen in der Rue Montmartre hätte Anstoß nehmen können, erstaunte sie noch. Sie war durch eine rauhe Schule gegangen, und diese hatte um ihre Augen und Nasenflügel etwas von der scheuen Wildheit zurückgelassen, die man anfangs wohl mit Dargelos' stolzer Verachtung verwechseln konnte.

In dem Zimmer stieg sie gewissermaßen zum Himmel ihrer Hölle empor. Sie lebte auf, sie schöpfte Atem. Nichts beunruhigte sie, und niemals fürchtete sie, ihre Freunde könnten auch auf Rauschgifte verfallen, denn sie handelten unter dem Einfluß einer eifersüchtigen, natürlichen Droge, und hätten sie Rauschgifte genommen, so wäre dies so viel gewesen, als wollte man weiß auf weiß, schwarz auf schwarz malen.

Dennoch geschah es mitunter, daß sie irgendeinem Wahnsinn zur Beute fielen; ein Fieber kleidete die Wände des Zimmers mit lauter Zerrspiegeln aus. Dann verdüsterte sich Agathe, und sie fragte sich, ob die geheimnisvolle Droge, mochte sie noch so natürlich sein, nicht ebenso ihre Opfer fordere und ob es nicht bei jeder Droge am Ende darauf hinausliefe, daß man sich mit Gas erstickt.

Dann wurde etwas Ballast abgeworfen, das Gleichgewicht stellte sich wieder her, ihre Zweifel verschwanden, und sie beruhigte sich wieder.

Doch die Droge existierte. Diesen Wunderstoff, der in ihrem Blut kreiste, hatten Elisabeth und Paul schon bei ihrer Geburt empfangen.

Die Drogen wirken in Abständen und verwandeln die Szene. Diese Verwandlung der Szene, diese Veränderung innerhalb eines Zyklus von Erscheinungen treten nicht mit einem Schlag auf. Der Übergang ist unmerklich und verursacht einen Zwischenzustand der Verwirrung. Die Dinge bewegen sich in veränderter Richtung, um neue Muster zu bilden.

Das Spiel nahm in Elisabeths und sogar in Pauls Leben immer weniger Raum ein. Gérard, der einzig mit Elisabeth beschäftigt war, spielte es nicht mehr. Bruder und Schwester versuchten es noch und ärgerten sich, daß es nicht gelang. Sie *verreisten* nicht mehr. Sie kamen sich zerstreut vor, von der Strömung des Traumes abgelenkt. In Wahrheit reisten sie anderswohin. Da es ihnen geläufig war, wie man sich aus sich selbst hinausprojiziert, hielten sie die neue Etappe, die sie in sie selbst hinabversenkte, für Zerstreutheit. Wie in einer Tragödie von Racine spann sich eine Intrige an, die nun jene Maschinen ersetzte, deren sich der Dichter vorher bedient hatte, um bei den Festen in Versailles die Götter erscheinen und verschwinden zu lassen. Ihre Feste gerieten darüber ganz durcheinander. Der Abstieg in sich selbst verlangt eine Zucht, deren sie nicht fähig waren. Ihnen begegneten dort nur Finsternisse, gespensternde Gefühle. »Genug! genug!« rief Paul mit zorniger Stimme. Jeder hob den Kopf. Paul war wütend, daß er nicht zu den Schatten in Fahrt kam. Dieses »Genug!« war der Ausdruck seiner Verstimmung darüber, daß die Erinnerung an eine Gebärde Agathes ihn an der Schwelle des Spieles gestört hatte. Er machte sie dafür verantwortlich und ließ diese Verstimmung an ihr aus. Der Anlaß dieses Verweises war zu unbedeutend, als daß Paul in seinem Innern und Elisabeth draußen ihn bemerkt hätten. Elisabeth, die ihrerseits versuchte, in See zu stechen, sich in wirre Betrachtungen verlor und immer wieder vom rechten Kurs abkam, erhaschte diesen Vorwand, um aus sich heraufzusteigen. Der verliebte Groll ihres Bruders täuschte sie. Sie dachte: »Agathe geht ihm auf die Nerven, weil sie dem Kerl ähnlich sieht«; und dieses Paar, das sich ebenso tölpisch anstellte, einander zu erraten, wie es seinerzeit geschickt gewesen war, das Unlösbare zu lösen, nahm durch Agathe hindurch seine alten Schimpfreden wieder auf.

Wer zu viel schreit, wird heiser. Die Schimpfreden zwischen ihnen hörten auf, und die Streiter sahen sich einem wirklichen Leben ausgeliefert, das in den Traum eingriff und das pflanzenhafte Leben der Kindheit, in der alles harmlos bleibt, über den Haufen warf.

Welcher erstaunliche Selbsterhaltungstrieb, welcher seelische Reflex hatten Elisabeths Hand zaudern lassen, als sie Dargelos zu dem Schatz tat? Wahrscheinlich entsprangen sie jenem anderen Instinkt, jenem anderen Reflex, die Paul zu dem Ausruf »Sollen wir ihn dazu tun?« veranlaßt hatten; wobei seine Stimme so munter klang, daß sie wenig mit seiner Betrübnis zusammenstimmte. Jedenfalls war die Fotografie keineswegs harmlos. Paul hatte seinen Vorschlag gemacht, so wie jemand, den man auf frischer Tat ertappt, sich unbekümmert stellt und irgendeine Ausrede erfindet; Elisabeth hatte ohne Begeisterung eingewilligt und war aus dem Zimmer gegangen, nach einer spöttischen Pantomime, die den Anschein erwecken sollte, als wüßte sie Bescheid, und die Paul und Gérard einschüchtern sollte, falls sie etwas gegen sie im Schilde geführt hätten.

Wie die Ereignisse bewiesen, hatte die Stille der Schublade das Bild langsam und hinterhältig geknetet, und es war durchaus nicht verwunderlich, daß Paul es, hoch oben in Agathes Hand, mit dem geheimnisvollen Schneeball gleichgesetzt hatte.

ZWEITER TEIL

Seit einigen Tagen war das Zimmer ins Stampfen geraten. Elisabeth folterte Paul durch ein System von Verschweigungen und unverständlichen Anspielungen auf irgend etwas *Angenehmes* (wie sie nachdrücklich betonte), woran er keinen Teil hätte. Sie behandelte Agathe als Vertraute, Gérard als Mithelfer und kniff das Auge zusammen, sobald die Anspielungen durchsichtig zu werden drohten. Der Erfolg dieses Systems übertraf ihre Erwartungen. Paul wand sich auf dem Rost, von Neugier verbrannt. Nur sein Stolz hielt ihn davon ab, Gérard oder Agathe beiseite zu nehmen; allerdings hatte Elisabeth ihnen auch verboten, den Mund aufzutun, wenn sie es nicht mit ihr verderben wollten.

Schließlich trug die Neugier doch den Sieg davon. Er paßte die Zeit ab, wenn die beiden Mädchen die Firma durch den »Ausgang für Künstler« (wie Elisabeth das nannte) verließen, und entdeckte, daß ein sportlich aussehender junger Mann mit Gérard vor dem Modehaus wartete, das Trio in seinen Wagen lud und mit ihnen davonfuhr.

Die nächtliche Szene war ein Paroxysmus. Paul traktierte seine Schwester und Agathe als verkommene Nutten und Gérard als Zuhälter. Er werde ausziehen. Das sei ja vorauszusehen gewesen! Die Mannequins waren Nutten, Nutten von der minderwertigsten Sorte! Seine Schwester sei eine läufige Hündin, die Agathe mitgeschleift habe, und Gérard, jawohl Gérard, sei überhaupt an allem schuld.

Agathe weinte. Obwohl Elisabeth mit gelassener Stimme einwarf: »Laß ihn, Gérard, er macht sich ja nur lächerlich...«, geriet Gérard in Wut und erklärte, der junge Mann kenne seinen Onkel, er heiße Michael, sei ein amerikanischer Jude, besitze ein riesiges Vermögen, und es sei auch beabsichtigt gewesen, die Verschwörung aufzudecken, ihn mit Paul bekannt zu machen.

Paul schrie, er weigere sich, diesen »widerwärtigen Juden« kennenzulernen, und er werde morgen zur Stunde des Stelldicheins hingehen und ihm rechts und links eine runterhauen.

»So eine Schwei-ne-rei«, fuhr er fort, und seine Augen funkelten vor Haß, »Gérard und du, ihr schleppt diese Kleine mit, ihr stoßt sie diesem Juden in die Arme; ihr wollt sie wohl an ihn verschachern!«

»Du irrst, mein Lieber«, entgegnete Elisabeth. »Ich möchte dir hiermit in aller Freundschaft gesagt haben, daß du dich auf dem Holzweg befindest. Michael kommt *meinetwegen,* er will mich heiraten, und er gefällt mir sehr gut.«

»Dich heiraten! dich heiraten, dich! Du bist wohl übergeschnappt, du hast dich wohl noch nie im Spiegel betrachtet, du bist un-ver-hei-rat-bar, eine häßliche Kröte, eine dumme Gans! Von allen dummen Gänsen bist du die Obergans! Der will sich doch bloß über dich lustig machen, der will dich auf den Arm nehmen!«

Er brach in ein wildes Gelächter aus.

Elisabeth wußte, daß die Frage, ob einer Jude war oder nicht, Paul ebensowenig jemals beschäftigt hatte wie sie. Sie fühlte sich wohlig erwärmt. Das Herz ging ihr auf und reichte bis an die Grenzen des Zimmers. Wie sie dieses Lachen an Paul liebte! Wie brutal sein Kinn hervortrat! Wie köstlich war es doch, seinen Bruder derart zu reizen!

Anderntags kam Paul sich lächerlich vor. Er sah ein, daß

seine Scheltpredigt übertrieben gewesen war. Und indem er vergaß, daß er geglaubt hatte, der Amerikaner habe sich nur an Agathe vergreifen wollen, sagte er zu sich selber: »Elisabeth ist frei. Sie kann sich verheiraten, mit wem sie mag; das ist mir schnuppe.« Und er fragte sich, was ihn wohl so in Wut gebracht hatte.

Er schmollte und ließ sich nach und nach bewegen, Michael kennenzulernen.

Michael stand zu dem Zimmer in einem vollkommenen Gegensatz. Einem so offenkundigen, so auffallenden Gegensatz, daß auch später keines der Kinder auf den Gedanken kam, ihm dieses Zimmer zu öffnen. Er stellte für sie die Außenwelt dar.

Auf den ersten Blick sah man, daß er auf der Erde zu Hause war; man wußte, daß all sein Besitz dort gelegen war und daß einzig seine Rennwagen ihm mitunter einen leichten Schwindel verursachten.

Dieser Filmheld sollte Pauls Vorurteile besiegen. Paul gab nach, fand ihn sehr sympathisch. Die kleine Bande brauste zusammen über die Landstraßen, außer zu jenen Stunden, da die vier Verschwörer sich in dem Zimmer versammelten, während Michael sich arglos dem Schlaf überließ.

Die nächtliche Verschwörung war jedoch durchaus zu seinem Vorteil. Man träumte von ihm, man hob ihn in den Himmel, man erfand einen vollständig neuen Michael.

Traf man dann wieder zusammen, so ahnte er nicht, daß er von einem Zauber begünstigt war, gleich jenem, den Titania auf die Schläfer des Sommernachtstraums ausgießt.

»Warum sollte ich Michael nicht heiraten?«
»Warum sollte Elisabeth Michael nicht heiraten?«

Die Zukunft der zwei Zimmer würde endlich Wirklichkeit werden. Mit einer verblüffenden Geschwindigkeit trieben sie dem Absurden entgegen und fühlten sich zu Zimmerplänen aufgestachelt, die den sehnlichen Zukunftsträumen glichen, wie sie die durch eine Membran zusammengewachsenen Zwillinge den Reportern erzählen.

Nur Gérard hält sich zurück. Er wendet den Kopf ab. Niemals hätte er es gewagt, nach einer ehelichen Verbindung mit der Pythia, der geweihten Jungfrau zu trachten. Dazu bedurfte es, wie im Film, eines jungen Automobilisten, der sie entführt, der diesen Handstreich wagt, weil ihm die Abwehrkräfte der heiligen Stätte unbekannt sind.

Und das Zimmer blieb, wie es war, und die Hochzeit wurde vorbereitet, und das Gleichgewicht blieb ungestört: das Gleichgewicht eines Aufbaus von vielen Stühlen, den ein Clown zwischen der Bühne und dem Zuschauerraum bis zum Ekel hin und her balanciert.

Bis zu einem schwindelerregenden Ekel, der den etwas reizlosen Ekel der Malzbonbons ersetzte. Diese schrecklichen Kinder mästen sich mit Unordnung, überfressen sich an einem klebrigen Allerlei von Sensationen.

Michael sah die Dinge mit anderen Augen. Er wäre sehr überrascht gewesen, wenn man ihm seine Verlobung mit der Tempeljungfrau verkündigt hätte. Er liebte ein entzückendes junges Mädchen, und das würde er heiraten. Lachend bot er ihr sein Haus an der Etoile, seine Automobile, sein Vermögen an.

Elisabeth richtete sich ein Zimmer mit Louis-Seize-Möbeln ein. Alle anderen Räume überließ sie Michael: die Gesellschaftsräume, die Musikzimmer, den Turnsaal, die Schwimmhalle und eine sehr merkwürdige riesige Galerie, eine Art Arbeitszimmer, Eßzimmer, Billardraum oder Fechtboden, mit hohen Fenstern, die auf die Kronen der Bäume hinausgingen. Agathe würde mit ihr umziehen. Elisabeth behielt ihr eine kleine Wohnung vor, die über ihren eigenen Räumen lag.

Agathe mußte die Katastrophe ins Auge fassen, die der Bruch mit dem Zimmer für sie bedeuten würde. Heimlich weinte sie seinen magischen Kräften nach und dem engen Zusammenleben mit Paul. Was sollte aus den Nächten werden? Das Wunder entsprang dem ununterbrochenen Kontakt zwischen den beiden Geschwistern. Diese Katastrophe, dieser Weltuntergang, dieser Schiffbruch berührten weder Paul noch Elisabeth. Sie kümmerten sich nicht darum, welche unmittelbaren oder mittelbaren Folgen ihre Handlungen haben konnten, prüften sich selbst ebensowenig, wie ein dramatisches Meisterwerk sich über den Verlauf einer Intrige oder die herannahende Auflösung beunruhigt. Gérard opferte sich. Agathe unterwarf sich Pauls Belieben...

Paul sagte:

»Das ist sehr bequem. Wenn der Onkel verreist ist, kann Gérard in Agathes Zimmer wohnen (sie nannten es nicht mehr *Mamas Zimmer*), und wenn Michael unterwegs ist, brauchen die Mädchen nur zu uns zurückzukommen.«

Daß Paul hierbei von den »Mädchen« sprach, ließ erkennen, daß er sich von der bevorstehenden Hochzeit keine deutliche Vorstellung machte, daß er die Zukunft nur verschwommen wahrnahm.

Michael wollte Paul bereden, auch in das Haus an der Etoile zu ziehen. Er lehnte ab und blieb bei seinem Plan des Alleinlebens. Darauf richtete Michael, zusammen mit

Marietta, alles so ein, daß die geringsten Ausgaben der Rue Montmartre auf seine Rechnung gingen.

Nach einer raschen Zeremonie, bei welcher die Herren, die das unberechenbare Vermögen des Bräutigams verwalteten, als Trauzeugen erschienen, beschloß Michael, während Elisabeth und Agathe sich einrichteten, eine Woche in Eze zu verbringen, wo er bauen ließ und wo der Architekt auf seine Anordnungen wartete. Er nahm den Rennwagen. Das gemeinsame Leben würde nach seiner Rückkunft beginnen.

Aber der Genius des Zimmers blieb wachsam.

Muß man es noch niederschreiben? Auf der Straße zwischen Cannes und Nizza kam Michael ums Leben. Er fuhr einen niedrigen Wagen. Um den Hals geschlungen trug er einen langen Schal, dessen Ende nachflatterte und sich in den Speichen verfing. Der wütende Schal erdrosselte, enthauptete ihn, während der Wagen ins Schleudern geriet, anprallte, gegen einen Baumstamm sich aufwarf und zu einer Ruine des Schweigens erstarrte, an der ein einziges Rad mit einer langsamen Umdrehung in der Luft kreiste wie ein Lotterierad.

Die Erbschaft, die Unterzeichnungen, die Beratungen mit den Vermögensverwaltern, der Trauerflor und ihre Erschöpfung bedrückten die junge Witwe, die von der Ehe nur die gesetzlichen Formalitäten kennengelernt hatte. Da der Onkel und der Arzt nicht mehr aus eigener Tasche zu zahlen brauchten, so zahlten sie mit ihrer Person. Auch hierfür ernteten sie keine größere Dankbarkeit. Elisabeth wälzte sämtliche Lasten auf sie ab.

Zusammen mit den Vermögensverwaltern wurde alles geordnet, gezählt, wurden Beträge errechnet, die nur noch Ziffern darstellten und die Phantasie ermüdeten.

Es war schon von einer Fähigkeit zum Reichtum die Rede, dank derer nichts den angeborenen Reichtum der Geschwister vermehren konnte. Die Erbschaft erbrachte den Beweis. Die tragische Erschütterung verwandelte sie sehr viel stärker. Sie liebten Michael. Das erstaunliche Abenteuer der Hochzeit und seines Todes versetzte dieses wenig geheimnisvolle Wesen in den Bezirk des Geheimnisses. Indem er ihn erdrosselte, hatte der lebendige Schal ihm die Türe des Zimmers aufgetan. Anders hätte er niemals Zutritt gefunden.

In der Rue Montmartre wurde die Einsamkeit, die Paul sich erträumt hatte, als seine Schwester und er sich beständig in den Haaren lagen, unerträglich, weil Agathe ebenfalls fortgezogen war. Dieser Zukunftsplan war sinnvoll gewesen, solange es ihm noch in seiner selbstsüchtigen Schleckerhaftigkeit behagt hatte; nun war er bedeutungslos geworden, da seine Begierden sich mit den Jahren verschärft hatten.

Obwohl diese Begierden gestaltlos waren, machte Paul die Entdeckung, daß die ersehnte Einsamkeit ihm nicht förderlich war, daß sie, im Gegenteil, eine gräßliche Leere schuf. Er verfiel zusehends und gab gerne nach, als seine Schwester ihn aufforderte, zu ihr zu ziehen.

Elisabeth räumte ihm Michaels Zimmer ein, das von

dem ihrigen durch ein riesiges Badezimmer getrennt war. Die Dienstboten, drei Mulatten und ein Negerkoch, wollten nach Amerika zurück. Marietta stellte eine Landsmännin ein. Der Chauffeur blieb.

Kaum war Paul eingezogen, als der gemeinsame Schlafraum sich wieder zusammenfand.

Agathe fürchtete sich dort oben, so allein... Paul schlief schlecht in einem Himmelbett auf Säulen... Gérards Onkel besuchte Fabriken in Deutschland... Kurzum: Agathe schlüpfte zu Elisabeth ins Bett, Paul schleifte sein Bettzeug herüber und baute sich sein Schilderhaus auf dem Diwan, Gérard machte es sich auf seinen Wolldecken bequem.

Und in diesem abstrakten Zimmer, das imstande war, überall wieder zusammenzuwachsen, war nun seit der Katastrophe auch Michael zugelassen. Die geweihte Jungfrau! Gérard hatte recht. Weder er, noch Michael, noch irgendeiner auf der Welt würde Elisabeth jemals besitzen. Die Liebe offenbarte ihm jenen unfaßbaren Kreis, der sie von aller Liebe ausschloß und dessen Verletzung das Leben kostete. Und gesetzt selbst, Michael hätte die Jungfrau besessen, so hätte er doch niemals den Tempel besessen, darin zu leben ihm nur als einem Toten erlaubt war.

Das neue Haus hatte, wie schon gesagt, eine Galerie, die teils als Billardsaal, teils als Arbeits- und auch Eßzimmer eingerichtet war. Diese Galerie war schon wunderlich durch den Umstand, daß sie keine war und nirgendwohin führte. Ein langer Läufer lag rechterhand auf dem Linoleum und hörte an der Wand auf. Beim Eintritt sah man links einen Eßzimmertisch unter einer Art Ampel, einige

Stühle und ein paar Rollwandschirme aus Holz. Diese spanischen Wände, die jede beliebige Form annahmen, trennten diesen Entwurf zu einem Eßzimmer von einem ebenfalls nur angedeuteten Arbeitszimmer: Kanapee, Ledersessel, drehbares Büchergestell, Globus – was alles lieblos um einen weiteren Tisch hingestellt war, einen Architektentisch, auf dem, als einzige Lichtquelle dieser Halle, eine Arbeitslampe stand.

Dann kamen, trotz der Schaukelstühle, einige leere Flächen, und schließlich stieß man auf ein Billard, das durch sein vereinsamtes Dastehen förmlich erstaunte. Die hohen Fensterscheiben warfen in Abständen breite helle Streifen an die Decke, eine von unten einfallende Außenbeleuchtung bildete dort eine Art Rampe, die über das Ganze ein theatralisches Mondlicht ergoß.

Man war auf eine Blendlaterne gefaßt, auf ein lautlos gleitendes Fenster, den gedämpften Aufsprung eines Einbrechers.

Diese Stille, diese Rampe erinnerten an den Schnee, den im Flockenfall schwebenden Salon der Rue Montmartre und sogar an die Szenerie der Cité Monthiers vor der Schlacht, die der Schnee in eine Art Galerie verwandelt hatte. Es war eine ähnliche Einsamkeit und Erwartung wie damals um die bleichen Häuserfronten, denen hier die hohen Glasfenster entsprachen.

Dieser Raum schien sein Vorhandensein einem jener sonderbaren Berechnungsfehler zu verdanken, bei denen der Architekt zu spät gewahr wird, daß er die Küche oder die Treppe vergessen hat.

Michael hatte das Haus umbauen lassen; aber er war nicht imstande gewesen, das Problem dieser Sackgasse zu lösen, in die man immer wieder hineingeriet. Aber wo bei Michael ein Berechnungsfehler auftrat, dort konnte das

Leben erscheinen; dies war der Augenblick, wo die Maschine menschlich wurde und zurücktrat. Dieser tote Punkt eines ziemlich unlebendigen Hauses war die Stelle, wo sich das Leben, koste es, was es wolle, hingeflüchtet hatte. Gehetzt von einem unerbittlichen Stil, von einer Meute aus Beton und Eisen, verbarg es sich in diesem ungeheuren Winkel wie eine jener entthronten Fürstinnen, die sich retten und das nächste Beste, was ihnen eben unter die Hände kommt, mitnehmen.

Man bewunderte das Haus; man sagte: »Nichts Überladenes. Eben nur das Notwendigste. Das ist immerhin allerhand für einen Milliardär!« Doch die Leute, die für New York schwärmten und die diesen Raum verachtet hätten, ahnten gar nicht (ebensowenig wie Michael), wie amerikanisch er war.

Tausendmal mehr als alles Eisen und aller Marmor entsprach er der Stadt der geheimen Sekten, der Theosophen, der Christian Science, dem Ku-Klux-Klan, den Testamenten, die der Erbin geheimnisvolle Bedingungen auferlegen, den unheimlichen Klubs, dem Tischrücken und den Schlafwandlerinnen Edgar Allan Poes.

Dieses Sprechzimmer einer Irrenanstalt, diese ideale Szenerie für Verstorbene, die sich materialisieren, um aus der Ferne ihr Abscheiden anzuzeigen, erinnerte im übrigen an die jüdische Vorliebe für Kathedralen, Kirchenschiffe, für jene Terrassen im vierzigsten Stock, wo Damen in gotischen Kapellen wohnen, orgelspielenderweise und zwischen brennenden Kerzen. New York hat nämlich einen größeren Verbrauch an Kerzen als Lourdes, als Rom, als irgendeine heilige Stadt der Welt.

Eine Galerie, wie geschaffen für die Ängste der Kindheit, wo man gewisse Korridore nicht zu durchschreiten wagte, wo man aufwachte und lauschte, wie die Möbel

krachten und wie die Türgriffe leise niedergedrückt wurden.

Und dieser ungeheuerliche Abstellraum war Michaels Schwäche, sein Lächeln, das Beste seiner Seele. Er verriet, daß schon vor dem Zusammentreffen mit den Kindern etwas in ihm vorhanden war, das ihn ihrer würdig machte. Er bewies, daß es ungerecht war, ihn von dem Zimmer auszuschließen, daß seine Hochzeit und seine Tragödie unausweichlich waren. Ein großes Geheimnis hellte sich auf: Nicht seines Vermögens wegen, noch seiner Stärke und seiner Eleganz wegen hatte Elisabeth ihn geheiratet, noch seiner Liebenswürdigkeit wegen. Sie hatte ihn seines Todes wegen geheiratet.

Und es war auch normal, daß die Kinder in diesem Haus das Zimmer überall suchten, nur nicht in dieser Galerie. Zwischen ihren beiden Zimmern irrten sie wie die armen Seelen hin und her. Die schlaflosen Nächte waren nicht mehr jenes leichte Gespenst, das sich beim Hahnenschrei verflüchtigt, sondern ein unruhvoller Geist, der keine Stätte findet. Nachdem jeder endlich sein eigenes Zimmer besaß, wollten sie es nicht wieder aufgeben; wütend schlossen sie sich darin ein oder schleppten sich aus einem ins andere, mit feindseligem Gebaren, mit verkniffenen Lippen, mit Blicken, die Dolche schleuderten.

Dennoch war es, als habe die Galerie es ihnen angetan. Diese Lockung erschreckte sie ein wenig und hinderte sie, ihre Schwelle zu übertreten.

Sie hatten eine ihrer besonderen Eigenschaften entdeckt, und nicht die geringste: die Galerie trieb nach allen Richtungen ab, wie ein Schiff, das von einem einzigen Anker gehalten wird.

Wenn man sich in einem beliebigen anderen Raum befand, wurde es unmöglich, ihre Lage anzugeben, und wenn man sie betrat, ihre Position im Hinblick auf die anderen Räume zu ermitteln. Kaum daß man sich nach einem undeutlichen Geschirrklappern richten konnte, das aus der Küche kam.

Dieses Klappern und diese Verzauberungen versetzten einen in die Kindheit zurück, erinnerten an die Schlaftrunkenheit nach der Drahtseilbahn, an die Schweizer Hotels, aus deren Fenster man steil auf die Welt hinabschaut, wo der Gletscher gegenüber so nah, so nah liegt, gleich auf der anderen Seite der Straße, wie ein Häuserblock aus lauter Diamanten.

Nun war die Reihe an Michael, sie den rechten Weg zu führen, das goldene Rohr zu ergreifen, die Grenzen zu ziehen und ihnen ihre Stätte anzuweisen.

Eines Nachts, als Paul schmollte und Elisabeth ihn am Einschlafen hindern wollte, warf er die Türen hinter sich ins Schloß, machte sich davon und flüchtete in die Galerie.

Seine Beobachtungsgabe war nicht sonderlich entwickelt. Aber alle Ausstrahlungen nahm er ungestüm auf, vermerkte sie und erfand bald seine eigene Begleitmusik dazu.

Kaum war er in dieses geheimnisvolle Nacheinander von Schattenbuchten und Lichtteichen, kaum zwischen die Kulissen dieses verödeten Studios geraten, wurde er behutsam wie eine Katze, der nichts entgeht. Seine Augen funkelten. Er hielt inne, umschlich ein Hindernis, schnupperte, blieb außerstande, das Gemeinsame zwischen einem Raum und der Cité Monthiers, zwischen einer nächtlichen Stille und dem Schnee zu erfassen, und hatte doch zutiefst den Eindruck, als sei ihm dies alles schon früher einmal begegnet.

Er inspizierte das Arbeitszimmer, richtete sich wieder auf, verschob die Wandschirme und rollte sie derart zusammen, daß sie ein Gehäuse bildeten um einen Sessel, in dem er sich ausstreckte und die Füße auf einen Stuhl legte; dann, von einem tiefen Glücksgefühl durchströmt, versuchte er, zu *verreisen*. Statt dessen entglitt die Szenerie und ließ den Darsteller im Stich.

Er litt. Er litt in seinem Stolz. Seine Rache an Dargelos' Doppelgänger war ein klägliches Versagen. Agathe beherrschte ihn. Und statt zu begreifen, daß er sie liebte, daß sie ihn durch ihre Sanftmut beherrschte, daß es darauf ankam, sich besiegen zu lassen, sträubte er sich, bäumte sich auf, bekämpfte er das, was ihm als sein Dämon, als ein teuflisches Verhängnis erschien.

Um ein Faß mit Hilfe eines Gummischlauches in ein anderes zu leeren, genügt ein einmaliges Ansaugen.

Anderntags erbaute Paul sich eine Hütte, wie in den *Ferientagen* der Madame de Ségur, und richtete sich darin ein. Die Wandschirme wurden so gestellt, daß ein Türspalt blieb. Dieser nach oben offene Bezirk, der an dem übernatürlichen Wesen der Stätte teilhatte, füllte sich mit Unordnung. Paul schleppte die Gipsbüste dorthin, den Schatz, die Bücher, die leeren Büchsen. Die schmutzige Wäsche begann sich zu häufen. Ein großer Spiegel, in dem man den Raum überblickte. Ein Klappbett trat an die Stelle des Sessels. Der rote Kattun bedeckte die Arbeitslampe.

Elisabeth, Agathe und Gérard kamen zuerst nur einige Male auf Besuch. Bald aber hielten sie es nicht mehr aus, fern von der aufregenden Landschaft dieser Möbel zu leben, und emigrierten auf Pauls Fährte.

Man begann aufzuleben. Man schlug seine Lager auf. Man nutzte die Schattenbuchten und Mondpfützen aus.

Nach einer Woche vertraten die Thermosflaschen das Café Charles, und die spanischen Wände bildeten ein einziges Zimmer: eine einsame Insel, rings umgeben von Linoleum.

Als das Unbehagen der doppelten Zimmer geherrscht hatte, waren Gérard und Agathe sich wie überflüssig vorgekommen und hatten die schlechte Laune der Geschwister (eine schlechte Laune ohne jeden Schwung) einem Verlust an Atmosphäre zugeschrieben. Seitdem gingen sie öfter zusammen aus. Ihre innige Freundschaft war die zweier Kranker, die das gleiche Leiden quält. Wie Gérard Elisabeth, so stellte Agathe Paul über alles Irdische. Beide liebten, klaglos, und hätten nie gewagt, ihre Liebe in Worte zu fassen. Erhobenen Angesichts sahen sie von unten bewundernd zu ihrer Gottheit auf; Agathe zu dem jungen Schneemann, Gérard zu der eisernen Jungfrau.

Niemals wäre es einem von ihnen in den Sinn gekommen, zum Lohn für seine Inbrunst etwas anderes zu erwarten als ein gewisses Wohlwollen. Sie fanden es wunderbar, daß man sie duldete, zitterten davor, den Traum der Geschwister zu beschweren, und entfernten sich aus Zartgefühl, sobald sie zur Last zu fallen glaubten.

Elisabeth vergaß ihre Wagen. Der Chauffeur erinnerte sie daran. Eines Abends, als sie Gérard und Agathe auf eine Spazierfahrt mitgenommen hatte, geschah es, daß Paul, allein zurückgeblieben, in seinen Mißmut verschlossen, die Entdeckung seiner Liebe machte.

Er lag und starrte mit schwindelnden Blicken auf Agathes falsches Bildnis, als diese Entdeckung ihn versteinerte. Sie sprang ihm in die Augen. Er glich jenen Leuten, die die Buchstaben eines Monogramms erkennen und nun außerstande sind, das unbedeutende Muster wiederzufinden, das diese Buchstaben anfangs zu umschreiben scheinen.

Wie in der Garderobe eines Schauspielers waren die Wandschirme mit den zerfetzten Magazinen der Rue Montmartre bedeckt. Gleich den chinesischen Sümpfen, auf denen in der Morgenfrühe die Lotosblüten mit einem Geräusch von unzähligen Küssen aufbrechen, so erschlossen sich dort mit einem Male die Gesichter der Mörder und Schauspielerinnen. Aus allen trat Pauls Typus hervor, verhundertfacht wie in einem Spiegelkabinett. Er begann bei Dargelos, verdeutlichte sich in dem geringsten der Mädchen, die er im Dunkeln angesprochen hatte, brachte die Köpfe auf den spanischen Wänden zur Übereinstimmung und klärte sich in Agathes Zügen. Wie viele Vorbereitungen, wie viele Entwürfe und Abänderungen, ehe die Liebe da war! Er, der sich für das Opfer einer zufälligen Ähnlichkeit zwischen dem jungen Mädchen und seinem Mitschüler gehalten hatte, erfuhr nun, wie oft das Schicksal seine Waffen prüft, wie langsam es in Anschlag geht und wie es ins Herz zu treffen versteht.

Und Pauls verborgene Vorliebe, seine Vorliebe für einen besonderen Typus hatte bei alledem gar keine Rolle gespielt, denn unter tausend jungen Mädchen hatte das Schicksal Agathe Elisabeth zur Gefährtin gegeben. Man mußte also schon bis zu dem Selbstmord durch Gasvergiftung zurückgehen, um die Verantwortlichen ausfindig zu machen.

Paul war aufs höchste verwundert über dieses Zusammentreffen, und seine Überraschung wäre wahrscheinlich grenzenlos gewesen, wenn seine jähe Hellsichtigkeit sich nicht auf seine Liebe beschränkt hätte. Er wäre sonst gewahr geworden, wie das Schicksal arbeitet, wie es beharrlich das Schifflein der Spitzenklöpplerin nachahmt, wie es uns, gleich ihrem Kissen, vor sich auf den Knien hält und mit zahllosen Nadeln durchbohrt.

In diesem Zimmer, das so wenig geeignet war, sich einer Ordnung zu fügen, sich zu verfestigen, träumte Paul seine Liebe und verknüpfte sie zuerst mit keiner irdischen Agathe. Er schwärmte für sich allein. Plötzlich erblickte er im Spiegel seine erschlafften Züge, und er schämte sich des grämlichen Ausdrucks, den seine Dummheit ihm verliehen hatte. Er hatte Böses mit Bösem vergelten wollen. Nun aber wurde sein Böses etwas Gutes. Er wollte also schleunigst Gutes mit Gutem vergelten. Ob er dazu fähig war? Er liebte: das hieß noch lange nicht, daß seine Liebe Erwiderung fand oder jemals finden würde.

Meilenweit entfernt von der Vorstellung, er könne ehrfurchtgebietend wirken, erschien ihm Agathes ehrfürchtige Scheu gar als Abneigung. Was er bei diesem Gedanken litt, hatte nichts mehr zu tun mit dem dumpfen Schmerz, für dessen Ursache er seinen Stolz hielt. Dieses Leiden überwältigte ihn, setzte ihm allenthalben zu, forderte eine Antwort. Es war in ständiger Bewegung; man mußte handeln, untersuchen, was zu tun war. Niemals würde er es wagen, zu reden. Wo auch hätte er reden können? Die Riten der gemeinsamen Religion, ihre Kirchenspaltungen stellten eine äußerste Erschwerung für jeden Liebeshandel dar, und ihre verworrene Lebensart erlaubte so wenig, zu gewissen besonderen Augenblicken gewisse besondere Dinge zu sagen, daß er Gefahr lief zu reden, ohne daß seine Worte ernst genommen würden.

Er beschloß zu schreiben. Ein Stein war ins Wasser gefallen und hatte die Stille aufgekräuselt; ein zweiter Stein würde weitere Folgen nach sich ziehen, die nicht vorauszusehen waren, die jedoch statt seiner eine Entscheidung herbeiführen würden. Dieser Brief (ein Rohrpostbrief) würde eine Beute des Zufalls werden. Er würde entweder eintreffen, wenn sie alle zusammen wären, oder wenn Agathe allein wäre, und dementsprechend wirken.

Er würde seine Verwirrung geheimhalten, würde sich weiter mißmutig stellen, bis zum nächsten Tage, um indessen zu schreiben und sein rotes Gesicht nicht zeigen zu müssen.

Diese Taktik ging Elisabeth auf die Nerven und zerrüttete die arme Agathe. Sie glaubte, Paul habe etwas gegen sie und halte sich von ihr fern. Andertags meldete sie sich krank, legte sich ins Bett und aß dort zu Abend.

Nach einem trübsinnigen Abendessen mit Gérard als Gegenüber fertigte Elisabeth ihn als Gesandten an Paul ab. Sie beschwor ihn, er möge versuchen, bei ihm einzudringen, ihn zu bearbeiten und in Erfahrung zu bringen, was er ihnen vorwerfe, während sie ihrerseits sich um die erkältete Agathe kümmern werde.

Sie fand sie in Tränen aufgelöst, auf dem Bauch liegend, das Gesicht in das Kopfkissen vergraben. Elisabeth erblaßte. Das allgemeine Unbehagen des Hauses hatte gewisse Schichten ihrer Seele aus dem Schlummer aufgestört. Sie witterte ein Geheimnis und fragte sich, welches. Ihre

Neugier kannte keine Grenzen mehr. Sie hätschelte die Unglückliche, wiegte sie, ließ sich ihren Kummer beichten.

»Ich liebe ihn, ich bete ihn an, er verachtet mich«, schluchzte Agathe.

Das also war es: Agathe war verliebt. Elisabeth lächelte: »So eine kleine Närrin«, rief sie aus, des Glaubens, Agathe spreche von Gérard. »Ich möchte doch wissen, mit welchem Recht er dich verachten sollte. Hat er es dir gesagt? Nein? Na also! So ein Glückspilz, dieser Trottel! Wenn du ihn liebst, muß er dich heiraten; du mußt ihn heiraten.«

Agathe zerschmolz; die Schlichtheit dieser Schwester, die unvorstellbare Lösung, die Elisabeth vorschlug, statt sich über sie lustig zu machen, hatten ihren Schmerz gestillt und sie völlig beruhigt.

»Lisa...«, flüsterte sie, an die Schulter der jungen Witwe gelehnt, »Lisa, du bist so gut, so gut... aber er liebt mich nicht.«

»Bist du dessen so sicher?«

»Es kann nicht sein...«

»Aber du weißt doch, Gérard ist ein schüchterner junger Mann...«

Und sie fuhr fort, sie an ihrer überströmten Schulter zu wiegen und zu streicheln, als Agathe sich aufrichtete:

»Aber... Lisa... es handelt sich nicht um Gérard. Ich spreche von Paul!«

Elisabeth erhob sich. Agathe stammelte:

»Vergib... vergib mir...«

Starr vor sich hinblickend, mit schlaff herabhängenden Armen, hatte Elisabeth, wie vormals im Zimmer der Kranken, die Empfindung, lotrecht in die Tiefe zu fahren, und wie sie einst mitansehen mußte, daß an Stelle ihrer Mutter mit einemmal eine Tote dasaß, die nicht ihre Mutter war, so betrachtete sie nun Agathe mit einem Blick, der statt dieses verweinten Mädchens eine finstere Athalia erblickte, eine Diebin, die sich in das Haus eingeschlichen hatte.

Sie wollte Bescheid wissen; sie beherrschte sich. Sie ließ sich auf den Rand des Bettes nieder:
»Paul! Das ist ja überwältigend. Ich war ja völlig ahnungslos...«
Sie nahm eine liebenswürdige Stimme an:
»Das ist aber wirklich eine Überraschung! Das ist ja schrecklich aufregend. Das ist überwältigend. Erzähle, rasch, erzähle!«
Und wieder schlang sie den Arm um Agathe, wiegte sie, schmeichelte ihr Vertraulichkeiten ab, lockte die Herde dunkler Gefühle mit List ans Tageslicht hervor.
Agathe trocknete ihre Tränen, schneuzte sich, ließ sich wiegen, überreden. Sie schüttete ihr Herz aus und ließ sich Elisabeth gegenüber zu Geständnissen hinreißen, die sie vor sich selber niemals in Worte zu fassen gewagt hätte.
Elisabeth lauschte, wie diese demütige, diese erhabene Liebe hervortrat, und die Kleine, die, an Pauls Schwester gelehnt, gegen ihren Hals und ihre Schulter hin sprach, wäre sehr erstaunt gewesen, wenn sie über der Hand, die mechanisch ihre Haare streichelte, das Antlitz eines unerbittlichen Richters gesehen hätte.
Elisabeth stand von dem Bett auf. Sie lächelte:
»Hör zu«, sagte sie, »ruh dich aus, beruhige dich. Nichts einfacher als das, ich werde Paul fragen.«
Entsetzt fuhr Agathe hoch:
»Nein, nein, er weiß von nichts! Ich beschwöre dich, Lisa! Lisa, sag ihm nicht, daß ich...«
»Laß mich nur machen. Du liebst Paul. Wenn Paul dich

auch liebt, ist alles in schönster Ordnung. Ich werde dich nicht verraten, sei unbesorgt. Ich werde ihn ausfragen, ohne daß er was merkt, und werde alles erfahren. Vertraue mir, schlafe, und bleib auf deinem Zimmer.«

Elisabeth stieg die Treppe hinab. Sie trug einen Bademantel, der um die Hüften mit einer Krawatte zusammengehalten wurde. Dieser Bademantel schleppte und behinderte sie. Aber sie stieg die Stufen abwärts, als trage sie einen Mechanismus in sich, auf dessen Geräusch sie horchte. Dieser Mechanismus hielt sie in Gang, verhinderte, daß der Saum des Bademantels unter ihre Sandalen geriet, hieß sie nach rechts, nach links abbiegen, ließ sie Türen öffnen und schließen. Sie kam sich vor wie ein Automat, der für eine bestimmte Anzahl von Verrichtungen aufgezogen war und diese nun ausführen mußte, wenn er unterwegs nicht zerbrach. Ihr Herz schlug mit dumpfen Axthieben, ihre Ohren brausten, sie dachte keinen Gedanken, der diesem entschlossenen Schreiten entsprochen hätte. Im Traum vernimmt man diese wuchtigen Schritte, die uns forttragen und die für uns denken, die uns einen Gang verleihen leichter als der Flug, die diese Schwere eines Marmorbildes mit der Behendigkeit der Unterwassertaucher vereinigen.

Schwer und schwerelos, schwebend, als hätte der Bademantel ihre Knöchel mit jenem Gekräusel umgeben, das bei den Primitiven die übernatürlichen Gestalten anzeigt, glitt Elisabeth mit leerem Kopf die Korridore entlang. Dieser Kopf beherbergte nur ein unbestimmtes Geräusch, und in ihrer Brust ertönten nur die regelmäßigen Axthiebe eines Holzfällers.

Von nun an handelte die junge Frau ohne Innehalten. Der Genius des Zimmers trat an ihre Stelle, handelte statt ihrer, wie ein anderer Genius sich etwa eines Geschäftsmanns bemächtigt und ihm die Anordnungen eingibt, die den Bankrott verhindern, oder einem Seemann die Verrichtungen, die das Schiff retten, einem Verbrecher die Worte, die ein Alibi nachweisen.

Ihr Weg brachte sie an die kleine Treppe, die zu dem öden Saal führte. Gérard trat eben heraus.

»Gerade wollte ich dich aufsuchen«, sagte er, »Paul ist so seltsam. Er wollte, daß ich dich hole. Wie geht es der Kranken?«

»Sie hat eine Migräne; sie möchte, daß man sie schlafen läßt...«

»Ich wollte zu ihr hinaufgehn...«

»Geh nicht hinauf. Sie ruht. Geh in mein Zimmer. Warte in meinem Zimmer auf mich, während ich nach Paul sehe.«

Völlig gewiß, daß Gérard ihr widerstandslos gehorchen würde, trat Elisabeth ein. Einen Augenblick lang erwachte die alte Elisabeth in ihr, betrachtete die unwirklichen Spiele des falschen Mondscheins, des falschen Schnees, das blanke Linoleum, die verlorenen Möbel, die sich darin spiegelten, und, in der Mitte des Raumes, den geweihten Bezirk, die hohen biegsamen Mauern, die das Zimmer hüteten.

Sie ging im Bogen darum herum, schob eine Wand beiseite und fand Paul auf dem Boden sitzen, den Oberkörper und den Nacken in das Bettzeug zurückgelehnt; er weinte. Seine Tränen waren nicht mehr wie jene, die er über die zerstörte Freundschaft vergossen hatte, und glichen auch nicht Agathes Tränen. Sie bildeten sich zwischen den Wimpern, schwollen an, traten über und flossen in größeren Abständen herab, rollten nach einem Umweg zu dem halboffenen Munde, wo sie innehielten, um dann wie andere Tränen weiterzufließen.

Paul hatte sich von seinem Rohrpostbrief eine gewaltige Wirkung versprochen. Es war unmöglich, daß Agathe ihn nicht erhalten hatte. Dieser Schlag ins Leere, dieses Warten brachten ihn um. Die Versprechen, die er sich gegeben hatte, behutsam zu sein, zu schweigen, hielten nicht stand. Er wollte wissen, woran er war, um jeden Preis. Die Ungewißheit wurde unerträglich. Elisabeth kam von Agathe; er bestürmte sie mit Fragen.

»Was für ein Rohrpostbrief?«

Wäre Elisabeth nur im Besitz ihrer eigenen Mittel gewesen, sie hätte sich gewiß auf einen Streit eingelassen. Die Schimpfworte hätten sie bald abgelenkt und Paul veranlaßt, zu schweigen, zurückzuschimpfen und noch lauter zu schreien. Aber angesichts eines Gerichtes, und noch dazu eines so zärtlichen Gerichtes, gestand er alles ein. Er gestand seine Entdeckung, seine Unbeholfenheit, seinen Rohrpostbrief, und beschwor seine Schwester, ihm zu sagen, ob Agathe ihn zurückstoße.

Diese fortgesetzten Schläge verursachten bei dem Automaten nur jedesmal ein Ausklinken, das ihn in eine andere Richtung lenkte. Dieser Rohrpostbrief jagte Elisabeth einen heftigen Schreck ein. Wußte Agathe Bescheid und hatte sie hintergangen? Hatte sie vergessen, einen Rohrpostbrief zu öffnen, und stand nun, nachdem sie die Schrift erkannt, im Begriff, ihn zu öffnen? Würde sie alsbald hier erscheinen?

»Einen Augenblick«, sagte sie. »Lieber Paul, warte, bis ich zurück bin, ich habe etwas Ernstes mit dir zu bereden. Agathe hat deinen Rohrpostbrief mit keiner Silbe erwähnt. Ein Rohrpostbrief fliegt doch nicht einfach davon. Er muß sich wieder finden. Ich geh' noch einmal zu ihr hinauf; ich bin gleich wieder da.«

Sie eilte hinweg, und wie sie Agathes Klagen bedachte,

kam ihr der Gedanke, ob der Rohrpostbrief nicht unten im Vestibül abgelegt worden war. Niemand hatte das Haus verlassen. Gérard sah die Post nicht an. Wenn man ihn unten liegengelassen hatte, so war er womöglich immer noch dort.

Und dort lag er auch. Der knittrige, gekrümmte gelbe Umschlag glich einem welken Blatt, das man auf ein Tablett gelegt hatte.

Sie machte Licht. Es war Pauls Schrift, die große Schrift eines schlechten Schülers, doch der Umschlag war an ihn selbst adressiert. Paul schrieb an Paul! Elisabeth riß den Umschlag auf.

In diesem Hause war das Briefpapier unbekannt; man benutzte, was einem gerade unter die Hände kam. Sie entfaltete ein kariertes Blatt, ein Papier, wie man es zu anonymen Briefen verwendet.

> *»Agathe, sei mir nicht böse, ich liebe Dich. Ich war ein Esel. Ich glaubte, Du hättest was gegen mich. Ich habe entdeckt, daß ich Dich liebe, und wenn Du mich nicht liebst, so sterbe ich. Auf den Knien bitte ich Dich, gib mir eine Antwort. Ich leide. Ich bleibe auf der Galerie.«*

Elisabeth hob ein wenig ihre Zungenspitze hervor, zuckte die Achseln. Da die Adresse dieselbe war, hatte Paul in der Überstürzung seinen eigenen Namen auf den Umschlag geschrieben. Darin erkannte sie seine Methoden. Der war nicht mehr zu ändern.

Angenommen, der Brief wäre, statt hier im Vestibül Wurzeln zu schlagen, wie ein Reifen wieder in Pauls Hände gelangt, so hätte diese Rückkehr ihn derartig entmutigt, daß er das Blatt zerrissen und alle Hoffnungen aufgegeben hätte. Sie würde ihm also nur die peinlichen Folgen seiner Zerstreutheit ersparen.

Sie ging in die Toilette der Garderobe, zerriß den Brief und tilgte alle Spuren.

Zu dem Unglücklichen zurückgekehrt, erzählte Elisabeth, sie komme aus Agathes Zimmer, Agathe schlafe, und der Brief liege auf der Kommode herum: ein gelber Umschlag, aus dem ein Blatt Küchenpapier hervorschaue. Sie habe den Umschlag erkannt, weil ein ganzer Pack von der gleichen Sorte auf Pauls Tisch lag.

»Und sie hat den Mund nicht davon aufgetan?«

»Nein. Ich möchte sogar, daß sie niemals erfährt, daß ich ihn gesehen habe. Und vor allem darf man sie nicht danach fragen. Sie würde uns doch nur erwidern, sie wisse gar nicht, wovon die Rede sei.«

Paul hatte sich eigentlich keine Vorstellung gemacht, welche Entscheidung der Brief herbeiführen würde. Sein Verlangen neigte eher dazu, sich einen Erfolg zu versprechen. Auf diesen Abgrund, dieses Loch war er nicht gefaßt gewesen. Die Tränen flossen über sein aufrechtes Gesicht. Elisabeth tröstete ihn, beschrieb ihm mit allen Einzelheiten, wie die Kleine ihr anvertraut habe, daß sie Gérard liebe, daß Gérard diese Liebe erwidere und daß sie bald heiraten wollten.

»Seltsam«, wiederholte sie mehrmals, »daß Gérard nicht mit dir darüber gesprochen hat. Ich schüchtere ihn ein, ich hypnotisiere ihn. Bei dir ist das etwas anderes. Er muß gefürchtet haben, du könntest dich über sie lustig machen.«

Paul schwieg und schluckte die Bitterkeit dieser unbegreiflichen Enthüllung. Elisabeth entwickelte ihre These.

Paul war nicht recht bei Trost! Agathe war ein einfältiges kleines Mädchen und Gérard ein braver Junge. Sie waren für einander geschaffen. Gérards Onkel wurde alt. Gérard würde reich sein, frei sein, er würde Agathe heiraten und ein bürgerliches Heim gründen. Nichts stand ihrem Glück im Wege. Es wäre abscheulich, verbrecherisch, ja verbrecherisch, sich ihnen in den Weg zu stellen, eine Tragödie heraufzubeschwören, Agathe in Verwirrung zu stürzen, Gérard zur Verzweiflung zu bringen und beider Zukunft zu vergiften. Das könne Paul doch nicht tun. Was ihn antreibe, sei ja nur eine vorübergehende Laune. Er werde sich besinnen und einsehen, daß man sich nicht aus bloßer Laune einem Liebesbündnis entgegenstellt.

Eine Stunde lang redete und redete sie, vertrat die gerechte Sache. Sie ließ sich hinreißen und wurde ganz ergriffen von ihrem Plädoyer. Sie schluchzte. Paul beugte das Haupt, ergab sich, stellte ihr alles anheim. Er versprach zu schweigen und dem jungen Paar ein heiteres Gesicht zu zeigen, wenn sie ihm ihre Absicht eröffnen würden. Daß Agathe den Rohrpostbrief mit Schweigen überging, bewies ihren Entschluß, zu vergessen, den Brief als eine flüchtige Laune zu betrachten, ihm nichts nachzutragen. Es wäre möglich, daß nach diesem Brief eine gewisse Verlegenheit zurückbliebe, die Gérard auffallen könnte. Die Verlobung würde alles wieder ins Gleis bringen, würde das Paar zerstreuen, und eine Hochzeitsreise würde endlich auch die letzten Spuren dieser Verlegenheit beseitigen.

Elisabeth trocknete Pauls Tränen, küßte ihn, steckte ihm die Decke zurecht und verließ die Umfriedung. Es galt, das Aufgetragene fortzuführen. Der Instinkt in ihr wußte, daß die Mörder Schlag auf Schlag versetzen, daß sie sich keine Atempause gönnen dürfen. Eine nächtliche Spinne, setzte sie ihren Weg fort, ihren Faden nachziehend, ihre Falle in alle Richtungen der Nacht aufstellend – schwer, schwebend, unermüdlich.

Sie fand Gérard auf ihrem Zimmer. Er verging vor Ungeduld:
»Nun, was gibt's?« rief er.
Elisabeth schalt ihn aus:
»Das Schreien kannst du dir wohl niemals abgewöhnen? Du brauchst nur den Mund aufzutun, gleich mußt du einen anschreien. Da haben wir die Bescherung: Paul ist krank. Er ist zu dämlich, um das von allein zu merken. Man braucht nur seine Augen, seine Zunge anzusehen. Er hat Fieber. Der Arzt wird feststellen, ob es eine Grippe ist oder ein Rückfall. Ich habe ihm befohlen, das Bett zu hüten und dich nicht zu sehen. Du wirst in seinem Zimmer schlafen...«
»Nein, ich gehe.«
»Du bleibst. Ich habe mit dir zu reden.«
Elisabeths Stimme klang ernst. Sie hieß ihn niedersitzen, ging mit großen Schritten vor ihm auf und ab und fragte ihn, wie er sich Agathe gegenüber zu verhalten gedenke.
»Wieso verhalten?« fragte er.
»Wieso?« und mit einer barschen, befehlenden Stimme fragte sie ihn, ob er sie etwa zum Narren halten wolle und ob er nicht wisse, daß Agathe ihn liebe, einen Heiratsantrag von ihm erwarte, sein Schweigen höchst sonderbar finde.
Gérard schaute sie entgeistert an. Er fiel aus allen Wolken:
»Agathe...«, stammelte er, »Agathe...«
»Jawohl, Agathe!« schleuderte Elisabeth ihm entgegen. Er war wirklich stockblind. Bei seinen vielen Spazier-

gängen mit Agathe hätte ihm doch wohl ein Licht aufgehen können. Und unmerklich gelang es ihr, ihm die Zutraulichkeit des jungen Mädchens als Liebe darzustellen; sie nannte bestimmte Tage, lieferte genaue Einzelheiten und erschütterte Gérard mit einer Fülle von Beweisen. Sie fügte hinzu, daß Agathe leide, daß sie in dem Wahn lebe, er liebe Elisabeth, was grotesk wäre und was schon auf Grund ihres Vermögens zu nichts führen könnte.

Gérard wäre am liebsten in den Erdboden versunken. Die Gewöhnlichkeit dieses Vorwurfs entsprach so wenig der Art Elisabeths, der alle Geldfragen völlig gleichgültig waren, daß er, schmerzlich betroffen, ganz außer Fassung geriet. Elisabeth benutzte diese seine Verwirrung, um ihm den Rest zu geben, und mit wuchtigen Schlägen immer auf seinen Kopf forderte sie ihn auf, sie nicht länger mit schmachtenden Blicken zu betrachten, Agathe zu heiraten und ihre Rolle als Friedensstifterin niemals, mit keinem Sterbenswörtchen, zu erwähnen. Nur Gérards Blindheit veranlasse sie, diese Rolle zu spielen, und um kein Königreich der Erde wolle sie es dulden, daß Agathe glauben könnte, sie verdanke ihr, Elisabeth, ihr Glück.

»So«, schloß sie, »das wäre geschafft. Du gehst jetzt zu Bett, ich gehe zu Agathe hinauf und sag' ihr, wie sich alles verhält. Du liebst sie. Du warst nur größenwahnsinnig. Erwache! Gratuliere dir! Gib mir einen Kuß und gesteh, daß du der glücklichste Mann der Welt bist.«

Gérard, völlig verdutzt, mit fortgerissen, gab alles zu, was die junge Frau von ihm verlangte. Sie schloß ihn ein und stieg, ihr Netz fortspinnend, zu Agathe hinauf.

Es kommt vor, daß von allen Opfern eines Mörders ein junges Mädchen den hartnäckigsten Widerstand leistet.

Agathe taumelte unter den Schlägen, doch sie ergab sich nicht. Endlich, nach einem heftigen Kampf, währenddessen Elisabeth ihr erklärte, daß Paul keiner Liebe fähig sei, daß er sie nicht liebe, weil er niemanden liebe, daß er sich selbst zerstöre und daß dieses Ungeheuer an Selbstsucht eine vertrauensselige Frau zugrunde richten würde; daß, andrerseits, Gérard ein Ausnahmemensch sei, anständig, leidenschaftlich verliebt, durchaus imstande, ihr eine gesicherte Zukunft zu bieten – da endlich, wie zerwalkt von Erschöpfung, lockerte das junge Mädchen den Griff, mit dem sie sich an ihren Traum geklammert hielt. Elisabeth sah, wie sie aus den Bettlaken hing, mit schweißigen Strähnen, das Gesicht hintenüber geworfen, eine Hand auf ihre Wunde gepreßt, die andere zu Boden gefallen wie ein Kieselstein.

Sie stützte sie hoch, puderte sie, schwor ihr, Paul ahne nichts von ihren Geständnissen, und damit er niemals das geringste davon vermute, werde es genügen, daß Agathe ihm ein recht fröhliches Gesicht zeige, wenn sie ihm ihre Heirat mit Gérard verkünde.

»Dank... Dank... wie gut du bist!« schluchzte die Unglückliche.

»Du brauchst mir nicht zu danken, schlaf jetzt«, sagte Elisabeth; und sie verließ das Zimmer.

Einen Augenblick blieb sie stehen. Sie fühlte sich ganz ruhig, unmenschlich, von einer Last befreit. Sie war eben auf den untersten Stufen angelangt, als ihr Herz wieder zu schlagen begann. Sie vernahm ein Geräusch. Und wie sie den Fuß hob, sah sie Paul herankommen.

Sein langes weißes Gewand leuchtete im Dunkeln. Elisabeth erkannte sogleich, daß er einen seiner kurzen Anfälle von Somnambulismus hatte, die in der Rue Montmartre häufiger aufgetreten und jedesmal durch eine Verstim-

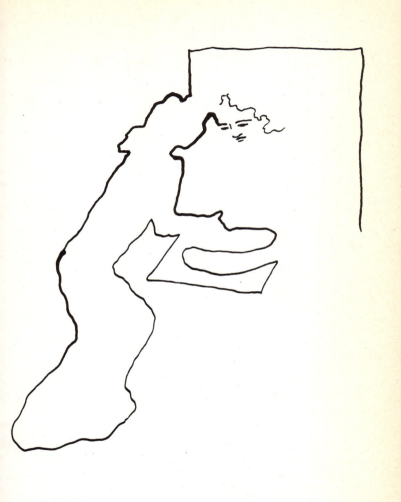

mung ausgelöst worden waren. Sie stützte sich auf das Geländer, hielt den Fuß in der Schwebe und wagte nicht, sich auch nur um Haaresbreite vom Fleck zu rühren, aus Furcht, Paul könne erwachen und sie über Agathe befragen. Aber er sah sie nicht. Sein Blick fiel ebensowenig auf diese schwebende Frau wie auf einen der Kandelaber; er betrachtete die Treppe. Elisabeth fürchtete den Aufruhr ihres Herzens, den Holzfäller und seine Axthiebe, die so deutlich zu hören waren.

Nach einem kurzen Halten jedoch wandte Paul sich ab und ging seinen Weg zurück. Sie setzte den steif gewordenen Fuß nieder, horchte, wie er sich in die Stille entfernte. Dann kehrte sie auf ihr Zimmer zurück.

Im Nebenzimmer war nichts zu hören. Ob Gérard schlief? Vor dem Waschtisch blieb sie stehen. Der Spiegel beunruhigte sie. Sie schlug die Augen nieder und wusch ihre gräßlichen Hände.

Da der Onkel sich sehr leidend fühlte, überstürzten sich Verlobung und Vermählung in einer Art erkünstelter guter Laune: jeder spielte seine Rolle und wetteiferte mit den anderen an Hochherzigkeit. Ein tödliches Schweigen lastete am Rande der Festlichkeiten im engsten Kreise, bei denen Elisabeth unter der aufgetragenen Fröhlichkeit der anderen litt. Sie mochte noch so überzeugt sein, daß ihr geschickter Zugriff sie alle vor einer Katastrophe bewahrt hatte, daß es einzig ihr zu danken sei, wenn Agathe Pauls Unordnung und Paul Agathes Minderwertigkeit erspart bliebe; – sie mochte sich noch so oft wiederholen: Gérard und Agathe sind von gleichem Rang, sie suchten einander durch uns hindurch, in einem Jahr werden sie ein Kind haben, sie werden dankbar sein, daß alles so gekommen ist; – sie mochte vergessen, welche Schritte sie in jener Nacht des Grauens unternommen hatte, gleichsam als wäre sie einem pathologischen Traum entronnen, mochte dies alles für die Veranstaltungen einer beschützenden Weisheit halten – nichtsdestoweniger überkam sie angesichts der Unglücklichen jedesmal ein beklemmendes Gefühl, und sie fürchtete sich, die drei allein zu lassen...

Jedes einzelnen war sie sicher. Sein Zartgefühl verhütete eine Gegenüberstellung der Tatsachen, die er vielleicht übelnehmen und der Böswilligkeit zuschreiben könnte. Was für einer Böswilligkeit? Böswilligkeit weswegen? aus welchem Grunde? Da Elisabeth, wenn sie sich hierüber befragte, keine Antwort fand, so beruhigte sie sich wieder. Sie liebte diese Unglücklichen. Aus Anteilnahme, aus leidenschaftlicher Zuneigung hatte sie sie zu ihren Opfern erkoren. Sie schwebte über ihnen, half ihnen, befreite sie, wenn auch gegen ihren Willen, aus einer schwierigen Lage, die erst die Zukunft ihnen enthüllen würde. Dieses harte Geschäft war ihrem Herzen nicht leichtgefallen. Aber es mußte sein. Es mußte sein.

»Es mußte sein«, wiederholte Elisabeth sich immer wieder, es war unvermeidlich, wie ein gefährlicher chirurgischer Eingriff. Ihr Messer wurde ein Skalpell. In der nämlichen Nacht noch hatte sie den Entschluß fassen, die Patienten einschläfern und gleich operieren müssen. Sie beglückwünschte sich zu ihrem Erfolg. Doch ein Lachen Agathes stürzte sie aus ihrem Traum, sie fiel an den Tisch herunter, hörte dieses falschklingende Lachen, bemerkte Pauls schlechtes Aussehen, Gérards liebenswürdige Grimasse und sank zurück in ihre Zweifel, verscheuchte die

Greuel, die unerbittlichen Einzelheiten, die Gespenster der berüchtigten Nacht.

Die Hochzeitsreise ließ die beiden Geschwister allein zusammen zurück. Paul siechte dahin. Elisabeth hauste mit ihm in der Umfriedung, wachte an seinem Lager, pflegte ihn Tag und Nacht. Dem Arzt blieb dieser Rückfall in ein altes Leiden unbegreiflich, da er die Symptome nicht wiedererkannte. Das Zimmer zwischen den spanischen Wänden brachte ihn ganz aus der Fassung; er hätte Paul in einen behaglichen Raum zu verbringen gewünscht. Paul weigerte sich. Er lebte in einer Hülle von unförmigen Laken. Das abgedämpfte Licht unter dem Kattun fiel auf eine Elisabeth, die mit starrem Blick, die Wangen in die Hände geschmiegt, voll einer finsteren Besorgnis dasaß. Der rote Stoff, der einen Anschein von Farbe auf das Antlitz des Kranken warf, täuschte Elisabeth, wie der Widerschein der Feuerwehr Gérard getäuscht hatte, und beruhigte diese Natur, die sich nur noch von Lügen ernährte.

Der Tod des Onkels rief Gérard und Agathe nach Paris zurück. Sie mieteten eine Wohnung in der Rue Laffitte, obwohl Elisabeth sie bestürmte, zu ihr zu ziehen, wo sie ihnen ein Stockwerk überlassen würde. Sie schloß daraus, daß das Paar sich vertrug, ein mittelmäßiges Glück (das einzige, das ihnen zukam) verwirklichte und hinfort die zuchtlose Atmosphäre des geschwisterlichen Hauses scheute. Paul fürchtete, sie könnten das Angebot annehmen. Er war sehr erleichtert, als Elisabeth ihm ihren Entschluß mitteilte:

»Sie finden, unsere Art könnte ihr Zusammenleben ungünstig beeinflussen. Gérard hat es mir ganz unverblümt zu verstehen gegeben. Er fürchtet unser schlechtes Beispiel für Agathe. Ich versichere dir, daß ich nichts erfinde. Er ist wie sein Onkel geworden. Ich war starr vor Staunen bei seinen Worten. Ich fragte mich, ob er ein Stück spielte, ob er sich seiner Lächerlichkeit bewußt war.«

Von Zeit zu Zeit besuchte das junge Paar die Geschwister zum Mittag- oder Abendessen. Paul stand auf, begab sich in das Eßzimmer, und wieder saß man einander verlegen gegenüber, unter den Augen Mariettas, die traurig vor sich hinstarrte, da die Bretonin spürte, wie das Unheil näher kam.

Eines Mittags war man eben dabei, sich zu Tisch zu begeben:

»Rate, wen ich getroffen habe?« rief Gérard zu Paul hinüber, der fragend das Gesicht verzog.

»Dargelos!«

»Nicht möglich?«

»Doch, mein Lieber, Dargelos!«

Gérard überquerte eine Straße. Dargelos, der einen kleinen Wagen steuerte, hätte ihn um ein Haar überfahren. Er hatte angehalten; er wußte bereits, daß Gérard seinen Onkel beerbt hatte und nun dessen Fabriken leitete. Er wollte eine davon besuchen. Er war nicht aus der Ruhe zu bringen.

Paul fragte, ob er sich verändert habe.

»Der gleiche, nur etwas bleicher... Agathe wie aus dem Gesicht geschnitten, er könnte ihr Bruder sein. Und gar nicht mehr so von oben herab. Er war sehr, sehr liebenswürdig. Er ist meist zwischen Indochina und Frankreich unterwegs. Er vertritt eine Automobilfirma.«

Er hatte Gérard in sein Hotelzimmer geführt und ihn gefragt, ob er mit »Schneeball« verkehre... nun ja, der Junge mit dem Schneeball... damit war Paul gemeint.

»Und dann?«

»Ich gab ihm zur Antwort, daß ich dich häufig besuche. Er fragte: ›Liebt er immer noch das Gift?‹«

»Das Gift?« Agathe fuhr auf.

»Natürlich«, rief Paul herausfordernd, als er ihr verstörtes Gesicht sah. »Das ist großartig, Gift zu haben. In der Schule träumte ich immer davon, ein Gift zu besitzen.« (Richtiger wäre gewesen zu sagen: Dargelos träumte von Giften, und ich kopierte Dargelos.)

Agathe wollte wissen, wozu.

»Zu nichts«, antwortete Paul, »um es zu besitzen, um ein Gift zu besitzen. Das ist großartig. Ich würde gerne Gift besitzen, wie ich einen Basilisken, einen Alraun besitzen möchte, wie ich einen Revolver besitze. Es ist da, man weiß, daß es da ist, man schaut es an. Es ist giftig! Das ist großartig!«

Elisabeth stimmte ihm zu. Sie stimmte zu gegen Agathe, und weil das im Sinne des Zimmers war. Ja, sie liebte Gifte sehr. In der Rue Montmartre hatte sie falsche Gifte hergestellt, kleine Fläschchen versiegelt, unheimliche Schildchen daraufgeklebt, finstere Namen erfunden.

»Wie grauenhaft! Gérard, sie sind verrückt! Ihr werdet noch vor dem Schwurgericht enden!«

Diese bürgerliche Entrüstung Agathes entzückte Elisabeth, sie bestätigte die Anschauungen, die sie dem jungen Ehepaar zuschrieb, und hob die Taktlosigkeit auf, es sich so vorgestellt zu haben. Sie zwinkerte Paul zu.

»Dargelos«, fuhr Gérard fort, »holte nun allerlei Gifte hervor: aus China, aus Indien, aus Mexiko, von den Antillen, Gifte für Pfeile, für Folterungen, Gifte der Rache, Gifte, die zu Opferungen verwendet wurden. Er lachte: ›Erzähle Schneeball, daß ich immer der gleiche geblieben bin seit der Penne. Damals wollte ich Gifte sammeln, heute sammle ich sie. Hier, bring ihm dieses Spielzeug.‹«

Gérard zog aus seiner Rocktasche ein kleines Päckchen, das in eine Zeitung gewickelt war. Paul und seine Schwester platzten vor Neugier. Agathe blieb am anderen Ende des Raumes.

Sie schlugen die Zeitung auseinander. Sie enthielt eine etwa faustgroße, dunkelfarbene Kugel, die mit einem jener chinesischen Papiere überzogen war, die sich wie Watte abzupfen lassen. Eine Kerbe ließ eine rötlich leuchtende Wunde sehen. Das übrige war erdfarben, es bestand aus einer trüffelartigen Materie und roch bald wie frische Erde, bald sehr stark nach Zwiebel und Geraniumessenz.

Alle verstummten. Diese Kugel gebot Schweigen. Sie faszinierte und stieß ab wie ein Schlangenknäuel, den man zuerst für ein einzelnes Reptil hält und an dem man dann mehrere Köpfe entdeckt. Es ging eine Art tödlichen Zaubers von ihr aus.

»Das ist eine Droge«, sagte Paul. »Er nimmt Rauschgift. Er gäbe kein wirkliches Gift her.«

Er streckte die Hand aus.

»Rühr es nicht an!« Gérard hielt ihn zurück. »Gift oder Rauschgift, Dargelos macht es dir zum Geschenk, aber er rät dir, es nicht anzurühren. Du bist viel zu hemmungslos. Um nichts in der Welt werde ich diese Schweinerei in deinen Händen lassen.«

Paul ärgerte sich. Er pflichtete Elisabeth bei. Gérard

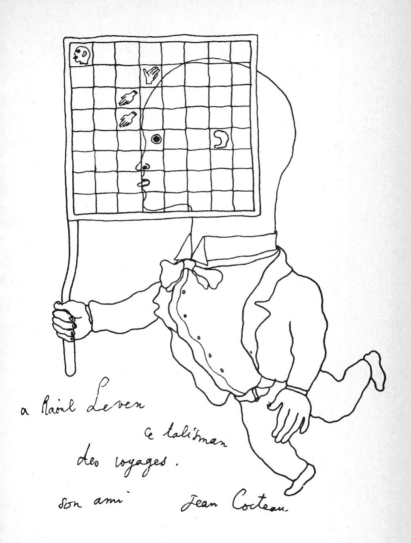

a Raoul Leven
 ce talisman
des voyages.
son ami   Jean Cocteau

mache sich lächerlich, er glaube wohl, die Rolle seines Onkels spielen zu müssen...

»Hemmungslos?« feixte Elisabeth. »Das wollen wir doch einmal sehen!«

Sie ergriff die Kugel mitsamt der Zeitung und begann, ihren Bruder um den Tisch herum zu verfolgen. Sie rief:

»Da iß, iß!«

Agathe lief in einen Winkel. Paul warf sich zurück, schlug die Hände vors Gesicht.

»Da seht ihr seine Hemmungslosigkeit! Das ist mir vielleicht ein Held!« höhnte Elisabeth keuchend.

Paul blieb ihr nichts schuldig:

»Du Rindvieh, iß doch selbst!«

»Danke, ich würde daran sterben. Das würde dir so passen. Ich werde *unser* Gift zu dem Schatz tun.«

»Der Geruch dringt überall hin«, sagte Gérard. »Ihr müßt es in eine Blechbüchse verschließen.«

Elisabeth wickelte die Kugel ein, stopfte sie in eine alte Keksdose und verschwand. Bei der Kommode des Schatzes angelangt, auf der die Büste stand und der Revolver zwischen den Büchern herumlag, öffnete sie die Schublade und stellte die Büchse auf Dargelos. Sehr sorgfältig, sehr langsam setzte sie sie nieder, die Zungenspitze ein wenig vorgestreckt, mit den Gebärden einer Frau, die einen Zauber vollzieht, die mit einer Nadel in ein Wachsbild hineinsticht.

Paul sah sich in seine Schulzeit zurückversetzt, wo er Dargelos nachäffte und von nichts anderem sprach als von Wilden, von vergifteten Pfeilen; wo er, um ihm zu imponieren, ein Massenmorden entwarf, das man mit Hilfe eines vergifteten Klebstoffs auf den Briefmarken ins Werk setzen könnte. So schmeichelte er einem Ungeheuer, ohne im mindesten zu bedenken, daß Gifte tödlich wirken. Dargelos zuckte die Achseln, wandte sich ab, nannte ihn ein kleines Mädchen, das zu nichts zu gebrauchen sei.

Dargelos hatte diesen Sklaven, der an seinen Lippen hing, nicht vergessen und setzte seinem Spott jetzt die Krone auf.

Die Anwesenheit der Kugel versetzte die Geschwister in eine dauernde Erregung. Sie bereicherte das Zimmer um eine okkulte Kraft. Sie glich einer jener lebenden Bomben aus dem Aufstand der Equipagen, einer jener jungen Russinnen, deren Brust ein Gestirn der Blitze und der Liebe war.

Darüber hinaus fand Paul Vergnügen daran, sich mit etwas Ausgefallenem zu brüsten und Agathe zu trotzen, die Gérard (nach Elisabeths Meinung) von ihrer Unordnung fernzuhalten suchte.

Elisabeth ihrerseits sah mit Genugtuung, daß Paul sich gleichgeblieben war, daß er das Ausgefallene, die Gefahr willkommen hieß und den Sinn für den Schatz behalten hatte.

Die Kugel war für sie ein Symbol: sie stellte das Gegengewicht einer kleinbürgerlichen Atmosphäre dar und ließ hoffen, daß die Herrschaft Agathes sich einem baldigen Ende zuneigte.

Aber ein Fetisch genügte nicht, um Paul zu heilen. Er blieb leidend, magerte ab, verlor den Appetit, schleppte sich matt und lustlos hin.

Für die Sonntage hatte man die angelsächsische Gepflogenheit beibehalten, dem gesamten Personal Urlaub zu geben. Marietta bereitete die Thermosflaschen, die belegten Brötchen und ging mit dem anderen Mädchen aus. Der Chauffeur, der ihnen beim Reinigen half, nahm eines der Automobile und fuhr zufällige Fahrgäste spazieren.

An diesem Sonntag schneite es. Auf Anordnung des Arztes hatte Elisabeth sich in ihrem Zimmer bei vorgezogenen Vorhängen zur Ruhe gelegt. Es war fünf Uhr, und Paul schlummerte seit Mittag. Er hatte seine Schwester dringend gebeten, ihn allein zu lassen, in ihr Zimmer hinaufzugehen, dem Arzt Folge zu leisten. Elisabeth schlief und hatte folgenden Traum:

Paul war gestorben. Sie ging durch einen Wald, welcher der Galerie ähnlich sah, denn das Licht zwischen den Bäumen fiel durch hohe Fenster herab, die durch Dunkelheiten voneinander getrennt waren. Sie sah das Billard, einige Stühle und Tische, die zusammen auf einer Lichtung standen, und sie dachte: »Ich muß den *Kogel* erreichen!« Damit war das Billard gemeint. Sie ging weiter, schwebte auf und nieder, doch es blieb unerreichbar. Vor Ermattung streckte sie sich auf dem Boden aus und schlief ein. Plötzlich weckte sie Paul:

»Paul!« rief sie, »oh, Paul, du bist also nicht tot?«

Und Paul antwortete:

»Doch, ich bin tot, aber auch du bist eben gestorben; darum kannst du mich sehen, und von nun an werden wir immer beisammen bleiben.«

Sie machten sich wieder auf den Weg. Nach einer langen Wanderschaft erreichten sie den *Kogel*.

»Horch«, sagte Paul (er drückte mit dem Finger auf den mechanischen Zähler), »*horch, das Abschiedsglöckchen tönt.*« Der Zähler arbeitete mit höchster Geschwindigkeit und erfüllte die Lichtung mit dem Gerassel eines Telegrafenamtes...

Elisabeth fand sich, in Schweiß gebadet, verstört auf ihrem Bett sitzen. Eine Klingel schrillte durch das Haus. Ihr fiel ein, daß die Dienstboten alle aus waren. Noch unter der Einwirkung des Alptraums, stieg sie die Stockwerke hinunter. Ein weißer Windstoß wirbelte eine völlig aufgelöste Agathe in das Vestibül:

»Und Paul?« schrie sie.

Elisabeth kam zu sich, löste sich aus ihrer Traumbefangenheit.

»Was soll mit Paul sein?« sagte sie. »Was hast du denn? Er wollte allein sein. Ich denke, er schläft, wie gewöhnlich.«

»Schnell, schnell«, keuchte die Besucherin, »komm, laß uns laufen; er hat mir geschrieben, er wolle Gift nehmen; wenn ich käme, sei es schon zu spät; dich würde er aus seinem Zimmer entfernen.«

Marietta hatte den Brief um vier Uhr bei den Gérards abgegeben.

Agathe rüttelte Elisabeth aus ihrer Versteinerung; sie fragte sich, ob sie noch schlafe, ob dies vielleicht die Fortsetzung ihres Traumes sei. Dann begannen die beiden Frauen zu laufen.

Die weißen Bäume, das Schneegestöber versetzten Elisabeth auf der Galerie wieder in ihren Traum zurück, und das Billard in der Ferne blieb der *Kogel*, der Zeuge eines Erdbebens, den die Wirklichkeit nicht aus dem Alptraum herauszulösen vermochte.

»Paul! Paul! Gib Antwort! Paul!«

In der schimmernden Umfriedung blieb es still. Kaum hatte man sie betreten, entdeckte man, was geschehen war. Ein unheilverkündendes Arom, jener schwarze, rötliche Geruch nach Trüffeln, Zwiebel und Geranien, den

die beiden Frauen sogleich wiedererkannten, lag in der Luft des Zimmers und verbreitete sich in die Galerie. Da lag Paul in dem gleichen Bademantel, wie seine Schwester ihn trug, mit riesig geweiteten Pupillen und völlig entstellten Zügen. Die schneeige Beleuchtung, die von oben einfiel und je nach den Windstößen wechselte, verschob die Schatten über einer fahlen Maske, auf der das Licht nur an der Nase und den Backenknochen hängenblieb.

Auf dem Stuhl sah man nebeneinander den Rest der Giftkugel, eine Wasserkaraffe und Dargelos' Fotografie.

Die Inszenierung eines wirklichen Dramas sieht ganz anders aus, als man sich sowas vorstellt. Ihre Einfachheit, ihre Größe, ihre absonderlichen Einzelheiten wirken verblüffend. Die jungen Frauen standen starr vor Entsetzen. Es galt, das Unmögliche anzuerkennen, hinzunehmen, einen unbekannten Paul zu identifizieren.

Agathe stürzte vor, kniete nieder, stellte fest, daß er noch atmete. Sie sah einen Hoffnungsschimmer.

»Lisa«, flehte sie, »bleib doch nicht so regungslos stehen, zieh dich an; es ist ja möglich, daß dieses gräßliche Zeug nur ein Rauschgift ist, eine unschädliche Droge. Hol die Thermosflaschen, lauf und rufe den Arzt.«

»Der Arzt ist auf der Jagd...«, stammelte die Unglückliche, »heut ist Sonntag, da ist niemand zu Hause... niemand.«

»Hol die Thermosflaschen, rasch! rasch! Er atmet noch, er ist eiskalt. Er braucht einen Wärmkrug, er muß heißen Kaffee trinken!«

Elisabeth fand Agathes Geistesgegenwart erstaunlich. Wie konnte sie Paul anfassen, sprechen, dies und jenes tun? Woher wußte sie, daß man einen Wärmkrug brauchte? Wie brachte sie es fertig, diesem tückischen Schicksal aus Schnee und Tod vernünftige Kräfte entgegenzustellen?

Plötzlich ermannte sie sich. Die Thermosflaschen waren auf ihrem Zimmer.

»Deck ihn zu!« rief sie von jenseits der Umfriedung.

Paul atmete. Nach den Erscheinungen der ersten vier Stunden, die ihn veranlaßten, sich zu fragen, ob dieses Gift eine Droge war und ob eine massive Dosis genügte, ihn zu töten, hatte er nun die Stadien der Beklemmung hinter sich. Seine Gliedmaßen waren nicht mehr vorhanden. Er schwebte, fast fühlte er sich so wohl wie sonst. Doch eine innere Trockenheit, ein völliges Fehlen des Speichels ließen Kehle und Zunge wie aus Holz erscheinen, und an den Stellen der Haut, die noch empfindlich geblieben waren, trat ein unerträgliches Härtegefühl auf. Er hatte zu trinken versucht. Seine Bewegung entgleiste, suchte die Karaffe anderswo als auf dem Stuhl, und bald wurden seine Beine, seine Arme starr, er rührte sich nicht mehr.

Jedesmal, wenn er die Augen schloß, bot sich ihm dasselbe Schauspiel: ein riesiger Widderschädel mit grauem Frauenhaar, tote Soldaten mit ausgestochenen Augen, die langsam und immer rascher, in steifer Haltung, das Gewehr über der Schulter, an Baumzweigen kreisten, wo sie mit den Füßen durch einen Riemen befestigt waren. Die Schläge seines Herzens teilten sich den Sprungfedern des Bettes mit, und es erklang eine Musik daraus. Seine Arme wurden zu Baumzweigen; ihre Rinde bedeckte sich mit dicken Adern, die Soldaten kreisten um diese Zweige, und das Schauspiel begann wieder von vorne.

Ein Ohnmachtsanfall ließ ihn in einen früheren Zustand zurücksinken: der Schnee, der Wagen, das Spiel, als Gérard ihn in die Rue Montmartre heimbrachte. Agathe schluchzte:

»Paul! Paul! sieh mich an, sag ein Wort...«

Sein Mund war mit einem scharfen Geschmack belegt.

»Trinken...«, sagte er mühsam.
Seine Lippen klebten, schnalzten.
»Warte noch ein wenig... Elisabeth holt die Thermosflaschen. Sie macht einen Wärmkrug.«
Er fing wieder an:
»Trinken...«
Er verlangte nach Wasser. Agathe benetzte ihm die Lippen. Sie beschwor ihn, er möge sprechen, ihr diese Tat des Wahnsinns erklären und hier diesen Brief, den sie aus der Handtasche zog und ihm vorhielt.
»Du bist schuld, Agathe...«
»Ich?«
Und nun erklärte Paul alles: langsam, mit flüsternder Stimme, mühsam jede Silbe bildend, packte er die ganze Wahrheit aus. Agathe fiel ihm in die Rede, schrie auf, rechtfertigte sich. Die offene Falle ließ ihren vertrackten Mechanismus sehen. Der Sterbende und die junge Frau drehten und wendeten sie, zerlegten sie in die einzelnen Rädchen ihres höllischen Getriebes. Aus ihrer Unterredung erhob sich eine verbrecherische Elisabeth, die Elisabeth der nächtlichen Besuche, Elisabeth die Heimtückische, die Hartnäckige.
Nun begriffen sie beide, was sie ihnen angetan hatte, und Agathe rief aus:
»Du mußt leben bleiben!«
Und Paul ächzte:
»Es ist zu spät!«, als Elisabeth, getrieben von der Angst, die beiden längere Zeit allein zu lassen, mit dem Krug und den Thermosflaschen zurückkam. Ein unheimliches Schweigen überließ das Feld wieder allein dem schwarzen Geruch. Elisabeth, die ihnen den Rücken wandte, ahnte nicht, welche Entdeckung sie gemacht hatten; sie kramte in den Büchsen, den Flaschen, suchte ein Glas, füllte es mit

Kaffee. Sie näherte sich ihren Opfern, die sie mit ihren Blicken durchbohrten. In wildem Ingrimm bäumte Pauls Oberkörper sich auf. Agathe stützte ihn. Ihre Gesichter, eng aneinandergedrängt, flammten vor Haß:

»Paul, trink nicht!«

Dieser Schrei Agathes machte Elisabeth stutzig.

»Du bist wohl verrückt«, murmelte sie, »du tust ja gerade, als wollte ich ihn vergiften.«

»Du wärst imstand dazu.«

Ein Tod trat zu dem andern hinzu. Elisabeth schwankte. Sie versuchte zu antworten.

»Du Aas! Du gemeines Aas!«

Dieser entsetzliche Ausruf aus Pauls Munde wurde noch schlimmer dadurch, daß Elisabeth geglaubt hatte, er habe keine Kraft zum Sprechen mehr, und er rechtfertigte nun ihre Bedenken, die beiden allein zu lassen.

»Du gemeines Aas! Du gemeines Aas!«

Paul hörte nicht auf, er röchelte, er beschoß sie mit seinem blauen Blick, mit einem blauen Feuer, das ununterbrochen aus dem Spalt seiner Lider hervorbrach. Krämpfe, Zuckungen folterten seinen schönen Mund, und die Trockenheit, die den Quell der Tränen versiegen ließ, verlieh seinem Blick dieses fiebrige Blitzen, ein wölfisches Schwefelgeleucht.

Der Schnee peitschte gegen die Scheiben. Elisabeth wich zurück:

»Ja denn«, sagte sie, »ja, es ist wahr. Ich war eifersüchtig. Ich wollte dich nicht verlieren. Agathe ist mir ein Greuel. Ich wollte nicht zulassen, daß sie dich mir raubte.«

Das Geständnis verlieh ihr Größe, einen stolzen Faltenwurf, riß ihr das Kostüm ihrer Listen vom Leibe. Die Locken, vom Sturmwind zurückgeschleudert, entblößten die grimmige kleine Stirn und vergrößerten sie, daß sie mächtig, wuchtig über flüssigen Augen sich aufwölbte. Allein gegen alle, zusammen mit dem Zimmer, trotzte sie Agathe, trotzte sie Gérard, trotzte sie Paul, trotzte sie der ganzen Welt.

Sie ergriff den Revolver auf der Kommode. Agathe heulte auf:

»Jetzt schießt sie! Sie will mich umbringen!« und klammerte sich an Paul, der delirierte.

Elisabeth dachte nicht daran, auf diese elegante Frau zu schießen. Sie hatte den Revolver aus einer instinktiven Bewegung ergriffen, als schulde sie dies ihrer Rolle: der Rolle einer Spionin, die, in einen Winkel gedrängt, entschlossen ist, ihre Haut so teuer wie möglich zu verkaufen.

Aber einer Nervenkrise, einer Agonie gegenüber verlor ihre herausfordernde Haltung jeden Sinn. Die Größe nützte ihr nichts.

Da sah die entsetzte Agathe dieses Plötzliche vor ihren Augen: eine Wahnsinnige, die aus den Fugen geht, fratzenschneidend vor den Spiegel tritt, sich die Haare ausrauft, zu schielen beginnt und sich selber die Zunge herausstreckt. Da ihr ein jäher Einhalt geboten wurde, den ihre innere Spannung nicht ertrug, brachte Elisabeth ihren Wahnsinn in einer grotesken Pantomime zum Ausdruck. Sie versuchte, das Leben durch ein Übermaß an Lächerlichkeit unmöglich zu machen, die Grenzen des Menschenmöglichen zu verrücken und jenen Augenblick zu erreichen, an dem das Drama sie nicht mehr ertrüge, sie ausstieße.

»Sie wird wahnsinnig! Zu Hilfe!« fuhr Agathe zu heulen fort.

Dieser Ausruf hemmte Elisabeth, sie wandte sich von dem Spiegel ab, bändigte ihren Paroxysmus. Sie beruhigte sich. Zitternd umkrampfte sie die Waffe und die Leere in ihren Händen. Mit gesenktem Kopf richtete sie sich auf.

Sie wußte, daß das Zimmer auf einem schwindelerregenden Abhang seinem Untergang zuglitt, aber dieser Untergang zog sich in die Länge, und auch er mußte noch durchlebt werden. Die Spannung würde nicht nachlassen, und sie begann zu zählen, sie rechnete, multiplizierte, dividierte, besann sich auf Daten, auf Hausnummern, addierte sie, verrechnete sich, begann von vorne. Auf einmal fiel ihr ein, daß der *Kogel* ihres Traumes aus *Paul und Virginie* stammte, wo ein Hügel diesen Namen trug. Sie fragte sich, ob das Buch in der Ile de France spiele. Und nun traten die Namen von Inseln an die Stelle der Ziffern und Zahlen. *Ile de France, Ile Maurice, Ile Saint-Louis*. Sie sagte die Namen auf, vertat sich, kam durcheinander, entglitt ins Leere, in einen Taumel.

Paul wunderte sich über ihre Ruhe. Er schlug die Augen auf. Sie sah ihn an, begegnete zwei Augen, die sich entfernten, die in sich versanken und in denen eine geheimnisvolle Neugier an die Stelle des Hasses trat. Als Elisabeth diesen Ausdruck wahrnahm, überkam sie ein Gefühl des Triumphes. Der geschwisterliche Instinkt trug sie empor. Ohne diesen neuen Blick aus dem Auge zu lassen, setzte sie ihre reglose Tätigkeit fort. Sie rechnete, rechnete, reihte Namen an Namen, und wie die Leere in ihr anwuchs, erriet sie, daß Paul sich hypnotisierte, das Spiel wiedererkannte, in das leichte Zimmer zurückfand.

Das Fieber machte sie hellsichtig. Sie entdeckte das Verborgene. Sie lenkte die Schatten. Was sie bisher geschaffen, ohne es zu begreifen, ihr Werk verrichtend wie die Bienen, das entwarf sie nun, forderte es heraus, wie ein Gelähmter, dem ein ungewöhnliches Ereignis zustößt, sich wieder erhebt.

Paul folgte ihr, Paul kam; es war offensichtlich. Diese Gewißheit bildete den Grundbaß der unvorstellbaren Arbeit in ihrem Gehirn. Sie nestelte, entknotete, verknüpfte und fuhr fort, Paul durch ihre Verrichtungen zu verzaubern. Schon – sie war ihrer Sache sicher – fühlte er nicht mehr, daß Agathe an seinem Halse hing, schon vernahm er ihre Klagen nicht mehr. Wie hätten Bruder und Schwester es auch anstellen sollen, sie noch zu vernehmen? Ihre Schreie ertönen unterhalb der Skala, mit deren Klängen sie ihr Sterbelied singen. Sie steigen, sie heben sich aufwärts, Seite an Seite. Elisabeth trägt ihre Beute davon. Auf den hohen Stelzschuhen der griechischen Schauspieler verlassen sie die Hölle der Atriden. Schon würde die Intelligenz des göttlichen Gerichtes nicht mehr genügen; sie können nur noch auf sein Genie rechnen. Nur wenige Augenblicke des Mutes noch und sie werden dort angelangt sein, wo das Fleisch sich auflöst, wo die Seelen sich vermählen, wo man keinen Inzest mehr kennt.

Agathe heulte an einem anderen Ort, in einer anderen Zeit. Elisabeth und Paul kümmerte dies weniger als die kühnen Schauer, unter denen die Fensterscheiben erbebten. Die harte Helle der Lampe verscheuchte die Dämmerung, nur dort nicht, wo Elisabeth im Purpurschein des roten Lappens stand, in dessen Schutz sie ihre Leere weitete und Paul in ein Dunkel einholte, aus dem sie ihn im vollen Lichte beobachtete.

Der Sterbende wurde zusehends schwächer. Er strebte zu Elisabeth hinüber, dem Schnee, dem Spiel, dem Zimmer ihrer Kindheit zu. Ein Sommerfaden verband ihn noch mit dem Leben, hielt ein verschwommenes Bewußtsein an seinen steinernen Körper geknüpft. Kaum daß er seine Schwester erkannte: eine hochaufgerichtete Gestalt, die seinen Namen rief. Denn wie eine Liebende ihre Lust hinauszögert, um die des andern zu erwarten, so wartete Elisabeth, den Finger am Abzug, die Todeszuckung ihres

Bruders ab, schrie ihm zu, ihr zu folgen, rief ihn bei seinem Namen, lauerte auf den Augenblick der Verzückung, da sie im Tode einander angehören würden.

Erschöpft ließ Paul seinen Kopf zur Seite rollen. Elisabeth glaubte, dies sei das Ende, setzte die Mündung des Revolvers an ihre Schläfe und drückte ab. Ihr Sturz riß einen der Wandschirme nieder, der mit einem gräßlichen Gepolter unter ihr umfiel, so daß die bleiche Helle der Schneefenster sichtbar wurde. Wie von einer Bombe zerrissen, zeigte die Umfriedung eine klaffende Wunde, und das heimliche Zimmer verwandelte sich in eine Bühne, die offen vor den Zuschauern lag.

Diese Zuschauer konnte Paul hinter den Scheiben erkennen.

Während Agathe, wie leblos vor Entsetzen, verstummte und auf das Blut starrte, das aus Elisabeths Leichnam sikkerte, erkannte er draußen, zwischen den Rinnsalen des schmelzenden Frostes, hart an die Scheiben gepreßt, in dichtem Gedränge die Nasen, die Backen, die roten Hände der Schneeballschlacht. Er erkannte die Gesichter, die Pelerinen, die wollenen Halstücher. Er suchte Dargelos. Ihn allein konnte er nicht entdecken. Er sah nur seine Gebärde, seine ungeheure Gebärde.

»Paul! Paul! Zu Hilfe!«

Agathe schlotterte, beugte sich über ihn.

Aber was will sie noch? Was soll's? Pauls Augen erlöschen. Der Faden reißt, und von dem entflogenen Zimmer bleibt nichts als der widerliche Geruch und eine winzige Dame auf einer Verkehrsinsel, die immer kleiner wird, sich in die Ferne verliert und verschwindet.

Saint-Cloud, März 1929.

NACHWORT

Im Zentrum von Cocteaus Ästhetik steht die Macht des Wunsches, des Traums, der sich an die Stelle der Wirklichkeit setzt. Der Dichter sehnt sich nach der Kindheit zurück, die im Spiel wie selbstverständlich ein imaginäres Reich betritt. Verliert solch ein Spiel seine Unschuld und wird aus ihm in der Welt der Erwachsenen Ernst, so vernichtet es den Träumer, dem die Grenzen zwischen Innen und Außen verfließen. Cocteau sieht in ihm den Poeten, der seine Erfindung beim Wort nimmt. Das sei seine Größe, aber auch seine Tragik. Denn er verkennt die scheinhafte Natur der Dichtung. Die Kunst aber hält seinem Wunsch die Treue und feiert in seinem Untergang den schwarzen Glanz der Poesie.

Am eindringlichsten ist Cocteau das wohl in *Kinder der Nacht (Les Enfants terribles)* gelungen. Der Geist des Kinderzimmers verwandelt sich alle äußeren Elemente an oder stößt sie ab, er ersetzt die Außenwelt und gewinnt schicksalshafte Macht. Vielleicht überträgt sich der Zauber dieses Buchs so unmittelbar, weil aus dem von subjektivem Erleben aufgeladenen Bild der Cité Monthiers, aus den Riten des Geschwisterpaars, dem verhangenen Blick des »Spiels«, mit dem man die Welten wechselt, von fern ein Hauch des Vertrauten weht.

Die *Kinder der Nacht* wurden ein ungeheurer Erfolg, und eine Art »Jugend-Mythos« nährte sich aus ihnen. Viele junge Leute wollten sich in dem Geschwisterpaar nicht nur wiedererkennen, sondern machten sich deren Verhalten geradezu zum Programm: Der Rückzug auf eine verschworene Sonderwelt, die Weigerung, sich in das normale, das Erwachsenenleben einzufügen, schien starke Faszination auszuüben.

Jean Cocteau hat *Kinder der Nacht* während einer Entziehungskur in kürzester Zeit niedergeschrieben – er sprach einmal von siebzehn Tagen, gab allerdings zu verschiedenen Zeiten stets verschiedene Zahlen an. Seine Opiumsucht hatte ihn im Dezember 1928 in die Luxusklinik von Saint-Cloud geführt; hier entstand auch *Opium. Tagebuch einer Entziehungskur.* Im März 1929 verläßt er mit dem fertigen Romanmanuskript die Klinik. Er habe dieses Buch seit 1912 schon in sich herumgetragen, erklärt er in einem Brief an André Gide, und jetzt sei es endlich in einem Zug herausgerutscht.

Für die Zeichnung der beiden Hauptfiguren diente ihm ein Geschwisterpaar als Vorbild, das ähnlich auf sich gestellt in Untätigkeit eng zusammenlebte: In vielen Einzelheiten folgt die Erzählung von Paul und Elisabeth der wirklichen Geschichte von Jeanne und Jean Bourgoint. Jean Bourgoint gehörte eine Zeitlang zu dem Kreis junger Männer, die Cocteau den Hof machten und die dieser seine »Kinder« nannte; Cocteau hat sich seine Liebhaber immer unter jüngeren Männern ausgesucht. Wie manch anderer auch, war Bourgoint durch den Umgang mit Cocteau zum Opiumgenuß gekommen.

Das in seinem Werk beharrlich wiederkehrende Thema des Drogenrauschs erscheint insbesondere am Ende des Romans. Die tödliche Giftkugel schließt den Kreis zu der Marmorkugel des Beginns, dem steinharten Schneeball, der Paul aus dem normalen Getriebe des Alltags stößt und dem Geist des Zimmers ausliefert. Diese beiden Kugeln sind die Waffen, mit denen Dargelos Paul aus der Bahn wirft und Cocteau seinem Musterbild männlicher Schönheit ein Opfer darbringt. Dargelos war der Name eines Klassenkameraden, der ihn nachhaltig beeindruckt hat – in dem *Weißbuch* und den *Farben der Erinnerung (Portraits-Souvenir)* erzählt er davon. Bald wird man ihm in dem Film *Das Blut eines Dichters* wiederbegegnen. Doch in *Kinder der Nacht* gelangt er an den Höhepunkt seiner Ausstrahlung. Er gehört zu der »Diamantenrasse«, zu den reißenden »Strommenschen«, denen in der *Großen Kluft* Jacques Forestier unterliegt. Die Schönheit ist ein verhängnisvoller Bann, denn sie bleibt Paul und Jacques ein unerreichbarer Wunschtraum. Dargelos' Anziehungskraft findet in Agathe einen weiblichen Widerschein. Diese zweigeschlechtliche Färbung vollendet für Cocteau erst den erotischen Reiz; besonders seine Erzählung *Das Phantom von Marseille* und der Artikel

Barbette (s. den Band »Kritische Poesie I« dieser Ausgabe) huldigen solchem Verwirrspiel der Sexualität.

Die Geschwindigkeit, mit der Cocteau *Kinder der Nacht* geschrieben hat, erfaßt auch den Text. Die Seiten gleiten dahin, und in rasanter Fahrt geht es auf den Abgrund zu. Am Ende wirft das magische Zimmer allen Ballast ab und saugt seine beiden Bewohner vollends in seine Unwirklichkeit. Der Vorhang zerreißt, und im Schauspiel des Untergangs bekräftigt sich, daß diese wildgewachsenen Dichter ihr Leben in ein Kunstwerk verwandelten, das nun an der Wirklichkeit zerschellt.

Reinhard Schmidt

BIBLIOGRAPHISCHE HINWEISE

Erstausgabe und Übersetzungen:

- *Les Enfants terribles*, Paris: Grasset, 1929.
  deutsche Übersetzungen:
  Enfants terribles, aus dem Französischen von Hans Kauders und Efraim Frisch; Berlin: Kiepenheuer, 1930.
  Kinder der Nacht, aus dem Französischen von Friedhelm Kemp; erstmals München/Wien/Basel: Desch, 1953.

Ausgewählte Literatur:

Zur Biographie:
- Frederick Brown: *An Impersonation of Angels*, New York, 1968. Deutsche Übersetzung: *Ein Skandal fürs Leben*, Bern/München, 1980.
- André Fraigneau: *Cocteau par lui-même*, Paris, 1957. Deutsche Übersetzung: *Jean Cocteau in Selbstzeugnissen und Bilddokumenten*, Reinbek, 1961.
- Jean-Jacques Kihm/Elizabeth Sprigge/Henri S. Béhar: *Jean Cocteau. L'homme et les miroirs*, Paris, 1968. Deutsche Übersetzung: *Jean Cocteau. Sein Leben – ein Meisterwerk*, bearbeitet von Friedrich Hagen, München/Wien/Basel, 1970.
- Francis Steegmuller: *Cocteau. A Biography*, Boston/Toronto, 1970. Französische Übersetzung: *Cocteau*, Paris, 1973.

Zum Werk:
- Jacques Brosse: *Cocteau*, Paris, 1970.
- Jean Cocteau: *Entretiens avec André Fraigneau*, Paris, 1965.
- Lydia Crowson: *The Esthetic of Jean Cocteau*, New Hampshire, 1978.
- Pierre B. Gobin: *Les Enfants terribles de Jean Cocteau*, Paris, 1974.

- Henri Godard: *Un romancier pressé*. In: Magazine littéraire, n° 199, Oktober 1983 (Dossier Jean Cocteau); S. 25–29.
- Suzanne Hélein-Koss: *Rêve et fantasmes dans »Les Enfants terribles« de Cocteau*. In: French Review, XLVII, 6, 1974; S. 151–161.
- Robert Kanters: *Les Enfants de ces enfants*. In: La Table Ronde, n° 94, Oktober 1955; S. 115–118.
- Jean-Jacques Kihm: *Dargelos et les pièges de la beauté*. In: La Table Ronde, n° 94, 1955; S. 123–128.
- Jean-Marie Magnan: *Le jeu des enfants terribles*. In: Cahiers Jean Cocteau n° 8: *Le Romancier*, Paris, 1979; S. 145–171.
- James McNab: *Mythical space in »Les Enfants terribles«*. In: French Review, 6, 1974; S. 162–170.
- Milorad: *Les deux envois de Dargelos*. In Cahier des Saisons, 2, 1956/1957; S. 478–481.
- Gérard Mourgue: *Cocteau*, Paris, 1965.
- Henri Rode: *Le Théâtre des objets*. In: La Table Ronde, n° 94, 1955; S. 119–122.

Weitere Literatur zu Cocteau findet sich in der Bibliographie des Bandes »Kritische Poesie IV« dieser Ausgabe.

VERZEICHNIS DER ABBILDUNGEN

Titelbild: *Dessin en marge des Enfants terribles*, 1930.

S. 15 *Une boule de neige entre ses mains...* (Ein Schneeball in seinen Händen...), aus *Le Sang d'un poète*, Monaco: Rocher, 1957.

S. 21 *Paul blessé I* (Paul wurde verletzt), aus *Soixante dessins pour »Les Enfants terribles«*, Paris: Grasset, 1935.

S. 27 *Dargelos et son arme* (Dargelos und seine Waffe), aus *Soixante dessins pour »Les Enfants terribles«*, 1935.

S. 35 *L'élève Dargelos* (Der Schüler Dargelos), aus *Le Sang d'un poète*, 1957.

S. 41 *Le jeu* (Das Spiel), aus *Soixante dessins pour »Les Enfants terribles«*, 1935.

S. 49 *Dargelos pétrit la boule de neige* (Dargelos knetet den Schneeball), aus *Soixante dessins pour »Les Enfants terribles«*, 1935.

S. 53 *Dargelos au ciel de la chambre* (Dargelos am Himmel des Zimmers), aus *Soixante dessins pour »Les Enfants terribles«*, 1935.

S. 57 *La mort de la mère* (Der Tod der Mutter), aus *Soixante dessins pour »Les Enfants terribles«*, 1935.

S. 69 *Sappho*, aus *Dessins*, Paris: Stock, 1923.

S. 77 *Le mauvais lieu XIII* (An einem verrufenen Ort), aus *Dessins*, 1923.

S. 89 *Gabrielle Chanel*, um 1932.

S. 97 *Le mauvais lieu VI*, aus *Dessins*, 1923.

S. 103 *Esprit démoniaque des faux personnages* (Der dämonische Geist der falschen Figuren), aus *Dessins en marge des »Chevaliers de la Table Ronde«*, Paris: Gallimard, 1941.

S. 111 Jean Cocteau (Photographie aus der Sammlung André Bernard).

VERZEICHNIS DER ABBILDUNGEN

S. 115   *Comment voyagent les enchanteurs II* (Wie die Zauberer reisen), aus *Dessins en marge des »Chevaliers de la Table Ronde«*, 1941.

S. 129   *La nuit d'Elisabeth* (Elisabeths Nacht), aus *Soixante dessins pour »Les Enfants terribles«*, 1935.

S. 133   *La lettre de Paul trouvée par Elisabeth* (Elisabeth findet Pauls Brief), aus *Soixante dessins pour »Les Enfants terribles«*, 1935.

S. 139   *Elle lave ses mains effrayantes* (Sie wäscht ihre gräßlichen Hände), aus *Soixante dessins pour »Les Enfants terribles«*, 1935.

S. 147   *Talisman des voyages* (Reisetalisman), Variante zu einer der unter dem Titel *Maison de santé* veröffentlichten Zeichnungen, 1925 (Sammlung Raoul Leven).

S. 153   *Le rêve d'Elisabeth* (Elisabeths Traum), aus *Soixante dessins pour »Les Enfants terribles«*, 1935.

S. 170   Jean Cocteau (links) mit einem Klassenkameraden 1901/02 im Petit Lycée Condorcet (vgl. hierzu S. 48).

Alle Zeichnungen von Jean Cocteau.

EINE ÜBERSICHT ÜBER LEBEN UND WERK

1889   am 5. Juli in Maisons-Laffitte nahe Paris als Sohn einer wohlhabenden Familie geboren.

1899   5. April: Jeans Vater begeht aus ungeklärten Gründen Selbstmord.

1900–1906   Schulbesuch in Paris.

1907   gibt nach dem dritten erfolglosen Versuch, die Reifeprüfung zu bestehen, seine Schulausbildung auf.

1908   erste Lesung seiner Gedichte; beginnt am mondänen Pariser Gesellschaftsleben teilzunehmen, verkehrt u. a. mit Marcel Proust, Anna de Noailles, Reynaldo Hahn.

1909   erste Buchveröffentlichung: der Gedichtband *La Lampe d'Aladin*. Mitbegründer der luxuriösen literarischen Zeitschrift *Schéhérazade*. Lernt den Leiter des Russischen Balletts, Serge Diaghilew, kennen.

1910   Gedichtband *Le Prince frivole*.

1911   Zeichnungen für das Russische Ballett; macht die Bekanntschaft Igor Strawinskys.

1912   Aufführung seines Balletts *Le Dieu bleu*. Gedichtband *La Danse de Sophocle*.

1913   künstlerische Neuorientierung; distanziert sich von seiner gesamten bisherigen Arbeit und wird fortan die Liste seiner Werke mit dem in diesem Jahr entstehenden Prosawerk *Le Potomak* beginnen lassen.

1914   Erster Weltkrieg; vom Kriegsdienst zurückgestellt, zeitweise als freiwilliger Ambulanzhelfer an der Front. Mitbegründer der Zeitschrift *Le Mot*.

1915   schreibt an Gedichten zu *Le Cap de Bonne Espérance* und *Discours du grand sommeil* (Rede vom großen Schlaf). Pflegt den Umgang mit den Künstlern von Mont-

	martre und Montparnasse, mit Max Jacob, Picasso, Cendrars, Apollinaire, Erik Satie. Gegen Ende des Jahres erneut als Ambulanzhelfer in Nieuport.
1916	läßt sich endgültig ausmustern. Arbeitet mit Satie und Picasso an dem Ballett *Parade*.
1917	mit Picasso und Strawinsky in Rom, wo Diaghilew *Parade* vorbereitet. Mai: Uraufführung von *Parade* in Paris.
1918	veröffentlicht das musik- und kunsttheoretische Manifest *Le Coq et l'Arlequin* (Hahn und Harlekin).
1919	lernt den erst sechzehnjährigen Dichter Raymond Radiguet kennen, der bald sein engster Freund wird. Artikelserie *Carte Blanche* über die Pariser Künstlerszene. *Le Cap de Bonne Espérance*, *Ode à Picasso* und *Le Potomak* erscheinen.
1920	Uraufführung des Mimodrams *Le Bœuf sur le toit* (Der Ochs auf dem Dach). Gründet mit Radiguet die Zeitschrift *Le Coq*, veröffentlicht *Poésies 1917–1920*.
1921	Uraufführung von *Les Mariés de la tour Eiffel* (Die Hochzeit auf dem Eiffelturm).
1922	langer Aufenthalt in Le Lavandou und Pramousquier an der Côte d'Azur mit Radiguet; schreibt hier *Le Grand Ecart* (Die große Kluft), *Thomas l'imposteur* (Thomas der Schwindler) und *Plain-Chant* (Choral). Der Gedichtband *Vocabulaire* (Wortschatz) und der Essay *Le Secret professionnel* (Das Berufsgeheimnis) erscheinen. Dezember: Uraufführung von *Antigone*.
1923	Rede *D'un ordre considéré comme une anarchie*. 12. Dezember: Raymond Radiguet stirbt an Typhus. *Le Grand Ecart*, *Thomas l'imposteur* und *Plain-Chant* erscheinen.
1924	Uraufführung seiner Shakespeare-Bearbeitung *Roméo et Juliette* und des Balletts *Le Train bleu*. Versammelt die meisten seiner bisherigen Gedichte in *Poésie (1916–1923)*. Massiver, regelmäßiger Opiumgenuß. Der katholische Religionsphilosoph Jacques Maritain führt ihn vorübergehend in die Arme der Kirche.

1925	Entziehungskur auf Drängen Maritains. Sommer: in Villefranche an der Côte d'Azur Arbeit an Gedichten zu *Opéra*, an den Stücken *Oedipe-Roi* (König Ödipus) und *Orphée* sowie an *Lettre à Jacques Maritain* (Brief an J. Maritain). Veröffentlicht das Gedicht *L'Ange Heurtebise* (Der Engel Heurtebise).
1926	Premiere von *Orphée*. Es erscheinen *Le Rappel à l'ordre* mit großteils bereits publizierten essayistischen Texten, die Zeichnungen *Maison de santé* und *Lettre à Jacques Maritain*, das seinen Bruch mit dem offiziellen Katholizismus einleitet.
1927	befreundet sich mit dem jungen Schriftsteller Jean Desbordes. Strawinskys Oratorium *Oedipus Rex* wird mit Cocteaus ins Lateinische übersetztem Text uraufgeführt. *Opéra. Œuvres poétiques (1925–1927)*. Dezember: schreibt *Le Livre blanc* (Das Weißbuch).
1928	veröffentlicht *Le Mystère laïc* (Das weltliche Geheimnis) und, anonym, *Le Livre blanc*. Im Dezember: erneute Entziehungskur, während der er *Les Enfants terribles* (Kinder der Nacht) und *Opium. Journal d'une désintoxication* (Tagebuch einer Entziehungskur) verfaßt.
1929	verläßt im März die Klinik. Veröffentlichung von *Les Enfants terribles*.
1930	Uraufführung von *La Voix humaine* (Die geliebte Stimme). Dreht den Film *Le Sang d'un poète* (Das Blut eines Dichters). *Opium* wird veröffentlicht.
1931	erkrankt im Sommer in Toulon an Typhus.
1932	erste Vorführung von *Le Sang d'un poète;* schreibt *La Machine infernale* (Die Höllenmaschine). Es erscheint *Essai de critique indirecte* (Versuche), das *Le Mystère laïc* und *Des Beaux Arts considérés comme un assassinat* (Die Schönen Künste als ein Mord betrachtet) enthält.
1933	*Le Fantôme de Marseille*. Im Dezember Entziehungskur. Trennung von Jean Desbordes.
1934	Uraufführung von *La Machine infernale*.

1935	Die Erinnerungsskizzen *Portraits-Souvenir* (Die Farben der Erinnerung) erscheinen in der Zeitung *Le Figaro*.
1936	Weltreise mit seinem Freund Marcel Khill, um Jules Vernes *Reise um die Welt in 80 Tagen* zu verwirklichen; die Reportagen erscheinen in der Zeitung *Paris-Soir*.
1937	lernt Jean Marais kennen, mit dem ihn eine lebenslängliche Freundschaft verbinden wird. Uraufführung von *Les Chevaliers de la Table Ronde* (Die Ritter von der Tafelrunde).
1938	Uraufführung von *Les Parents terribles*, das in Paris kurzzeitig als sittenwidrig von den öffentlichen Bühnen verbannt wird.
1939	schreibt *La Fin du Potomak*.
1940	Uraufführung von *Les Monstres sacrés*. Zieht sich, als die deutschen Truppen in Paris einmarschieren, nach Perpignan zurück. Neuerliche Entziehungskur. Im Herbst Rückkehr in das besetzte Paris.
1941	Uraufführung von *La Machine à écrire* (Die Schreibmaschine). Heftige Angriffe der rechten Presse. Schreibt das Versdrama *Renaud et Armide;* veröffentlicht die Gedichte *Allégories*.
1942	Sein Artikel *Salut à Breker* anläßlich einer Pariser Ausstellung des im Dritten Reich hochgeschätzten Bildhauers Arno Breker ruft einige Empörung hervor. Setzt sich vor Gericht für den angeklagten Schriftsteller Jean Genet ein.
1943	20. Januar. Tod seiner Mutter. Uraufführung von *Renaud et Armide*. Drehbuch zu dem Film *L'Eternel Retour* von Jean Delannoy. Essay *Le Mythe du Greco*.
1944	Sein alter Freund Max Jacob stirbt, von den Nazis deportiert. Jean Desbordes wird der Untergrundtätigkeit bezichtigt und von der Gestapo zu Tode gefoltert.
1945	dreht den Film *La Belle et la Bête* (Die Schöne und das Tier). Schreibt die Dialoge zu dem Film *Les Dames du Bois de Boulogne* von Robert Bresson. Das lange Gedicht *Léone* erscheint.

1946	Uraufführung von *L'Aigle à deux têtes* (Der Doppeladler) und des Balletts *Le Jeune Homme et la Mort;* das Gedicht *La Crucifixion* und *La Belle et la Bête. Journal d'un film* erscheinen.
1947	Roberto Rossellini verfilmt *La Voix humaine*, Cocteau selbst *L'Aigle à deux têtes*. Essayband *La Difficulté d'être* (Die Schwierigkeit, zu sein). Lernt Edouard Dermit kennen, den er später zu seinem Adoptivsohn machen wird. Erwirbt mit Jean Marais ein Haus in Milly-la-Forêt.
1948	verfilmt *Les Parents terribles*. Ende Dezember in New York.
1949	Essay *Lettre aux Américains* (Brief an die Amerikaner). Frühjahr: begleitet eine Theatertruppe auf einer Tournee durch den Nahen Osten, er erzählt diese Reise in *Maalesh*. Dreht im Herbst *Orphée*. Wird zum Ritter der Ehrenlegion ernannt. *Théâtre de poche* (Taschentheater) erscheint. Jean-Pierre Melville verfilmt *Les Enfants terribles*.
1950	Uraufführung des Balletts *Phèdre*. Sein Film *Orphée* erhält in Venedig den internationalen Kritikerpreis.
1951	Präsident der Autoren- und Komponistengewerkschaft. Uraufführung des Stücks *Bacchus*. *Entretiens autour du cinématographe* (Gespräche über den Film) und *Jean Marais*.
1952	in München erste umfassende Ausstellung des graphischen und malerischen Werks; kurze Aufenthalte in der Bundesrepublik Deutschland. Gedichtband *Le Chiffre sept*.
1953	Uraufführung des Balletts *La Dame à la licorne* in München. Vorsitzender der Jury des internationalen Filmfestivals in Cannes. Erste Reise nach Spanien, das er in den kommenden Jahren mehrmals besuchen wird. *Démarche d'un poète* (Der Lebensweg eines Dichters). Gedichtband *Appogiatures* und Essayband *Journal d'un inconnu* (Tagebuch eines Unbekannten).

1954	10. Juni: Herzinfarkt. Gedichtband *Clair-obscur*.
1955	Aufnahme in die Académie royale de langue et de littérature française de Belgique und in die Académie française.
1956	Dekoration der Kapelle Saint-Pierre in Villefranche. Ehrendoktor der Universität Oxford.
1957	Ehrenmitglied des New Yorker Institute of Arts and Letters. Wandmalereien im Trausaal des Rathauses von Menton. Veröffentlicht die spanischen Impressionen *La Corrida du 1er mai*.
1958	Ausstellung seiner Töpfereien. Reden *Discours sur la poésie* und *Les Armes secrètes de la France*. Gedichtband *Paraprosodies*.
1959	Blutsturz; schreibt, ans Krankenbett gefesselt, an den Gedichten zu *Le Requiem*. Uraufführung des Mimodrams *Le Poète et sa muse*. Dreharbeiten zu seinem letzten Film *Le Testament d'Orphée*.
1960	*Le Testament d'Orphée* läuft in den Kinos an. Wird zum »Prince des poètes«, zum »Dichterfürsten« gewählt. Ausstellung des graphischen und malerischen Werks in Nancy.
1961	Kommandeur der Ehrenlegion. Gedichtband *Cérémonial espagnol du Phénix suivi de La Partie d'échecs*.
1962	Uraufführung von *L'Impromptu du Palais-Royal* in Tokio. Der autobiographische Essay *Le Cordon ombilical* und *Le Requiem* erscheinen.
1963	22. April: Herzanfall. Zieht sich in sein Haus nach Milly zurück; dort stirbt er am 11. Oktober.

Für weitere Informationen zu Leben und Werk sei auf den Band »Erzählende Prosa I« dieser Ausgabe verwiesen. Eine ausführliche Bibliographie enthält der Band »Kritische Poesie IV«.